# 中华魂

ZHONGHUA HUN

百部爱国故事丛书

# 威震黄浦江畔
# 高奏抗日壮歌

## ——一·二八淞沪抗战

孙健筠 陶诗永 编著

吉林人民出版社

**图书在版编目（CIP）数据**

威震黄浦江畔 高奏抗日壮歌：一·二八淞沪抗战 /
孙健筠，陶诗永编著 .-- 长春：吉林人民出版社，
2011.3（2021.8 重印）

（中华魂·百部爱国故事丛书）

ISBN 978-7-206-07513-1

Ⅰ.①威… Ⅱ.①孙… ②陶… Ⅲ.①故事—中国—
当代 Ⅳ.① I247.8

中国版本图书馆 CIP 数据核字 (2011) 第 032576 号

# 威震黄浦江畔　高奏抗日壮歌
## ——一·二八淞沪抗战

**WEIZHEN HUANGPUJIANG PAN　GAOZOU KANGRI ZHUANGGE**
### ——YI·ERBA SONGHU KANGZHAN

编　　著:孙健筠　陶诗永
责任编辑:田子佳　　　　封面设计:孙浩瀚
制　　作:吉林人民出版社图文设计印务中心
吉林人民出版社出版 发行(长春市人民大街7548号　邮政编码:130022)
印　　刷:北京一鑫印务有限责任公司
开　本:787mm×1092mm　　1/16
印　张:8　　　　　　　　字　数:64千字
标准书号:ISBN 978-7-206-07513-1
版　次:2011年3月第1版　　印　次:2021年8月第2次印刷
定　价:35.00 元

如发现印装质量问题,影响阅读,请与出版社联系调换。

# 总　序

　　《中华魂》是一套故事丛书。它汇集了我国自鸦片战争以来一百八十余年间的近百位民族英雄、仁人志士、革命领袖、先进模范人物的生动感人事迹，表现了他们作为中华儿女的伟大的爱国主义精神。

　　爱国主义是人们对于"生于斯、长于斯、衣食于斯"的祖国的一种神圣感情，是人们对于自己民族的一种强烈的责任感和使命感，是感召和激励整个中华民族的一面永不褪色的旗帜。在一百多年的中国近现代史上，爱国主义一直激励着中华儿女为祖国的独立、统一、进步和繁荣而英勇奋斗。从"苟利国家生死以，岂因祸福避趋之"的林则徐，到"我自横刀向天笑，去留肝胆两昆仑"的谭嗣同;从"铁肩担道义,妙手著文章"的李大钊,到"青春换得江山壮,碧血染将天地红"的赵一曼;从"县委书记的好榜样"的焦裕禄,到"问鼎长天,扬我国威"的邓稼先……都表现出了强烈的爱国主义精神。正是由于热爱祖国的人们前仆后继地奋斗,国家和民族才得以生存,才能够在一次次历史危急关头转危为安,走向兴盛和富强,从而屹立于世界民族之林。爱国主义是鼓舞中华儿女历经忧患、跨越沧桑、百折不挠、自强不息的伟大力量,它贯穿于中华民族的整个历史,并有力地凝聚着五洲四海的中国人。

　　爱国主义是一个历史的范畴,在社会发展的不同阶段、不同时期有不同的具体内容。革命时期,需要我们为祖国的独立自主出生入死;建设时期,需要我们为祖国的繁荣富强增砖添瓦。在全国各族人民团结一心,开启全面建设社会主义现代化国家新征程的今天,我们要争做一名新时期的爱国者。新时期的爱国者要有强烈的民族自尊心、自豪感。民族自尊心、自豪感是任何时期、任何爱国者都必须具备的情感。民族自尊心能增强我们自立向上的恒心,民族自豪感能树立我们建设祖国的信心。要树立"祖国高于一切"的崇高信念,为了祖国和人民的利益不惜抛却个人的利益,甚至不惜牺牲个人的生命。我们要树立终身学习的理念,拓宽自己的知识面,广泛吸收新知识、新技术,完善自身的知识结构,更新学习知识的方法与理念,从思想上、知识上充分武装自己,为祖国的繁荣昌盛贡献力量。

爱国主义思想的继承和发扬,是关系到民族盛衰、国家兴亡的根本问题。爱国主义思想情操的形成,需要不断地培养。培养爱国主义精神的一个重要途径是向英雄人物和典范事迹学习和致敬。这套丛书的出版,对于青少年向英雄和先进人物学习,特别是对于在中小学生中进行爱国主义教育是不可多得的生动的教材。祝愿此书出版发行成功,为培养时代新人做出贡献。

胡维革

"为自由，争生存，沪上麾兵抗强权。踏尽河边草，洒遍英雄泪，又何必气短情长？宁碎头颅，还我河山！"

——朱耀章：《月夜巡视阵线有感》

# 目　录

中华魂 百部爱国故事丛书
ZHONGHUA HUN

1932年1月28日，日本帝国主义悍然在上海发动了新的侵略战争。中国以武器装备陋简，人数不过3万的孤军，抵御和重创拥有4个师团，大量飞机、坦克和军舰配合作战的强敌进攻，坚持了33天。进行这次淞沪抗战的，是爱国将领蒋光鼐、蔡廷锴指挥下的第十九路军。

　　在第十九路军的顽强抵抗下，日本军国主义者"四天占领上海"，"三个月征服中国"的狂妄野心破灭，其不可一世的嚣张气焰受到沉重打击。

威震黄浦江畔　高奏抗日壮歌

# "九一八事变"后全国的抗日形势

1931年9月18日深夜，驻在中国东北沈阳的关东军，悍然发动了"九一八事变"，向中国军队公开发动了武装进攻。从此，日本开始了其蓄谋已久罪恶的侵华战争……

"九一八事变"以后，由于国民党军队采取"不抵抗"主义，数十万东北军不战而退。一些抗日武装虽然在中国共产党的号召下奋起反抗，但终因力量悬殊太大，不足以抵挡日军的侵略。

这样，一周不到，辽宁、吉林两省基本失陷。到1932年初，中国东三省全部沦陷。日军在中国东北烧杀抢掠，无恶不作。

面对日本帝国主义的侵华暴行和大片国土沦丧，全国人民无比愤慨。中国和日本之间的民族矛盾越来越尖锐，国内阶级关系开始发生新的变化。抗日救国已成为全中国各阶层人民的迫切要求。

在中国人民生死存亡的关键时刻，中国共产党毅

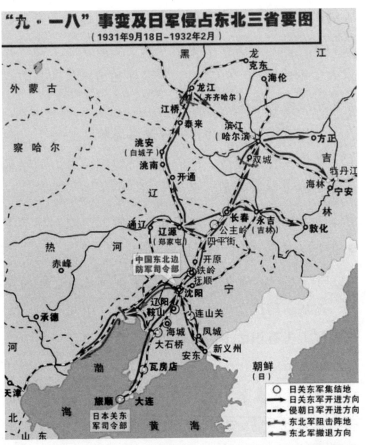

“九·一八”事变及日军侵占东北三省要图
(1931年9月18日—1932年2月)

然站在抗日救亡运动的最前列，领导全国人民积极反对日本帝国主义的侵略和国民政府的“不抵抗”主义。

在全国兴起的抗日救亡运动中，爱国青年学生积极呼吁抗日，广大工人群众表现出工人阶级高度的爱国热情和坚定的斗争性。其他各界人民也纷纷组织各种抗日团体，同日本帝国主义展开了激烈的斗争。

面对日本侵略者侵略行径，国民党最高当局采取

威震黄浦江畔　高奏抗日壮歌
——一·二八淞沪抗战

了消极的态度，面对全国民众的抗日浪潮，国民党当局不理不睬，甚至使用镇压手段，先后发生了镇压北京大学示威团的"一二·五"事件和镇压各地赴南京学生示威团的"珍珠桥惨案"。

"一二·五"事件和"珍珠桥惨案"的发生，激起了全国人民的愤慨，他们强烈抗议国民政府的罪恶行径，引发了更强大的爱国运动。在中国共产党的领导下，全国各地的工人组织和各界救国组织领导了声势浩大反帝爱国抗日救亡运动。

由"九一八事变"而激起的全国抗日救亡运动高潮，造成了国民党反动派统治的危机，引起了国民党内爱国人士有识之士的对蒋介石、汪精卫领导的国民党的不满。

"九一八事变"后，国民党左派人士宋庆龄、何香凝等人坚决反对蒋介石"攘外必先安内"的反动政策。

1931年12月19日，宋庆龄发表题为《国民党已不再是一个政治力量》的宣言，声明与反孙中山、反民众的国民党决裂。

冯玉祥也对蒋介石的"不抵抗"政策表示强烈不满。冯玉祥说："'九一八'的祸首就是蒋介石，蒋要向大家认罪下野"。"我们要抗日，谁要不赞成抗日，

宋庆龄发表题为《国民党已不再是一个政治力量》的宣言

谁就是卖国贼。"

面对日本的大肆侵略，一部分有民族气节的国民党基层组织和军政人员激于民族义愤，也积极提出各项抗日主张。他们大力运动和积极声援东北抗日义勇军的抗战活动。

1931年9月20日，国民党驻东京直属支部执行委员会在日本侵略军侵占中国东北的情况下，要求国民党中央执行委员会拒绝日本提出的任何条件，对日在经济上进行彻底绝交，并认为对日本战争应有充分的准备。

国民党驻巴黎总部执委会也向南京发出电报。他们声称，国联对于"九一八事变"的解决如不能使中国满意，中国应立即向日本宣战。

威震黄浦江畔　高奏抗日壮歌

国民党驻美总支部同样异常愤慨，在致南京国民政府的电文中表示，马占山孤军抗日，捷报传来，海外腾欢，并请国民党立即增兵逐日出境，以讨还中国河山。国民党驻美总支部还谴责溥仪复辟，甘做帝国主义的傀儡，希望国民党"明令讨伐，以彰国法"。

国民党湖南省长沙市、长沙县支部分别致电马占山，声援马占山率领部队抗战的爱国行动。国民党上海各区党员致电马占山等义勇军将领，对他们的爱国举动表示慰问。

国民党中央军校也对国民政府的"不抵抗"政策表示愤怒。该校40多名学生愤于日本侵略和蒋介石的"不抵抗"政策自动离校，主动到热河参加抗战。

除了民族资产阶级和国民党左派以及部分军政人员积极支持抗日救亡运动外，海外侨胞也对中国抗日救亡运动积极声援，并捐助支援。

"九一八事变"后，侨居国外的爱国华侨与国内同胞一样，以满腔的爱国热情，决心为抗日救亡的神圣事业贡献自己的力量。他们不仅对抗日救亡运动进行声援，而且还捐赠资金和物资，甚至组织华侨义勇军直接参加抗日战斗。

在日本的中国留学生不愿寄人篱下，相继返回国内。东京工业大学、东京高师、士官学校的留日学生联合组织中华民国留日学生会，举行各校代表会议，一致决议返回祖国，以示对日本帝国主义侵略中国东北的强烈抗议。在日本陆军士官学校的近300名中国留学生，同仇敌忾，全体退学。并且，他们还发表宣言，宣布弃学抗日。

9月29日，200多名留日学生代表，到中国驻日公使馆向公使蒋作宾请愿，并提出了4项要求：下旗归国；断绝国交；对日宣战；发给归国学生船票。

10月1日，留日学生代表冒雨前往请愿，公使馆同意发给留日学生归国船票200张。在这种情况下，2000多名留日学生只好推举代表先行回国。

与此同时，世界其他各国的中国留学生也先后回国。自9月19日后的2个月内，中国留学生及其他侨胞先后共有7000多人回到中国。

留日学生回国后，多次派出代表向国民政府和教育部请愿，提出反对"不抵抗"主义，立即对日宣战，坚决反对压迫民众抗日救国运动的行为，

促进和平统一等主张。留学生们并且组织宣传队，奔赴救亡第一线，揭露日本侵略中国的阴谋。他们还深入农村向农民进行宣传，唤醒民众抵抗外侮。

在马来西亚、新加坡、菲律宾、缅甸、印尼、英国、法国、比利时、美国、加拿大等世界各地的华侨团纷纷体组织抗日救国会，举行示威游行，声援国内抗日。

在中国共产党的积极号召下，中国国民党临时行动委员会也积极投身于抗日活动。

声势浩大的群众抗日运动高潮，极大地冲击了国民党的反动统治，引起国民党内各派系间矛盾的激化。

## 日方借"日本和尚事件"增兵上海

日本对我国东北的武装侵略，引起了我国人民的强烈反抗，也引起了世界上主持正义的国家、政府和人民的反对，他们纷纷谴责日本对中国的侵略政策。面对这种形势，日本一方面想继续霸占我国东北地区，另一方面又不得不顾及世界舆论和人类公理，于是便想出一个"金蝉蜕壳"和"偷梁换柱"的诡计——抬出早已被赶下了台的清朝皇帝溥仪，来建立一个所谓的"满洲国"作为他们傀儡政权，以便他们在幕后操纵，从而使日本达到"以华制华"的目的。

为能达到这一目的，日本又想出一个一箭三雕的诡计——在上海制造事端，挑起中日军事冲突。因为这样一来，一则可以把国际视线由东北问题移到上海问题上，借机混淆视听，声东击西；二则可以对南京构成直接威胁，给国民党政府施加军事压力，逼迫蒋介石承认其占领东北的既成事实，并镇压我国人民的反日运动；第三，日军可乘机在上海取得军事上的根据地，以巩固它在东三省的既得胜利，并为将来进一步进攻中国内地提供一块跳板。

为此，臭名昭著的日本少壮派军人板垣征四郎，便给其爪牙——当时任日本驻中国使馆派驻上海的陆军武官辅助官田中隆吉大尉发了一封电报，说："外国

川岛芳子

的目光很讨厌，在上海搞出一些事来！就是说，日本人想使满洲脱离中国而独立，可是外国方面非常麻烦，因而叫他策划一个阴谋，把外国的目光引开，从而达到这一目的。

接着，又给田中送

了两万日元来，作为其活动经费。当时，日本女特务川岛芳子（其实是中国人，是清朝贵族肃亲王的女儿，原名叫金碧辉，后为日本在东北的特务头子川岛浪速收为养女），正在上海活动，田中隆吉因早与她有所勾搭，就将两万日元交给了她，希望由她组织这件事。

当时，上海有一个叫三友实业公司的毛巾工厂，因为一向反日情绪强烈，早为日本人所嫉恨，因而田中隆吉要川岛芳子在这个公司上多做些文章，以达到一石二鸟的目的，既挑起事端，又将这个公司牵扯进来，从而拔掉这颗眼中钉。

1932年1月18日，由日本驻上海武官田中隆吉勾结日本女特务川岛芳子策划的后来被称为"日本和尚事件"上演了。当天下午4点钟，川岛芳子唆使住在上海江湾路妙发寺的日本和尚天崎启升、水上秀雄和玻璃商藤村国吉、后藤方平、黑岩浅次郎等5人，来到引翔港马玉山路三友实业社总厂的围墙外窥视该厂的义勇军操练。藤村国吉等人向正在操练的义勇军投掷石块，引起冲突。

随后，日方谎称在这次冲突中有一个日本和尚死亡，另有两人受伤。

事情发生后的第二天，上海虹口区日本人俱乐部举行侨民大会，参加会议的六七千日本人受日本帝国主义的蛊惑，无理地要求中国方面向日本"道歉、赔偿和惩凶"。

1月20日，田中隆吉又唆使日本宪兵大尉重藤千春指挥上海日人青年同志会60多个日本暴徒利用夜色做掩护，携带手枪、炸药、汽油和硫磺，凿洞窜进三友实业社总厂，用硫磺弹和引火球放火焚烧西北角毛巾部。大火烧毁毛巾部房屋6间，损坏线机24部，竹篱笆墙也被烧去八九丈。

在三友实业社起火的时候，位于该厂前的公共租界警亭巡捕陈胜德、朱伍兰欲打电话报告捕房，被身着便衣的日本浪人团团围住。其中，一人被日本浪人砍掉3个手指，另一个身受重伤。电话线也被日本浪人截断扔进河里。巡捕田润生跑到公共租界临清路报警过程中也被日本浪人枪杀。

1月21日下午，1 000多日本人在公共租界蓬路日侨俱乐部举行会议。会议结束后，这伙日本人又到日本驻上海日本领事馆"请愿"，然后又折回到北四川路向日本海军陆战队"请愿"。在游行队伍行至北四川路的时候，这伙日本人还捣毁多家中国店铺，砸碎电车和公共汽车的玻璃，并且叫嚣要"杀尽"中国人。一直到下午6点多钟，这伙亡命徒才散去。

在制造事端的同时，日本驻上海总领事村井仓松

威震黄浦江畔 高奏抗日壮歌

等人还在外交上对中国上海市政府进行讹诈。1月22日，日本驻上海领事馆领事就"日本和尚事件"，向国民党上海市政府提出惩办"凶手"、封闭上海市各界抗日救国会和《民国日报》、取缔一切抗日活动等无理要求。日本驻上海总领事馆还声称，如果上海市政府不给予他们圆满答复，他们将采取严厉手段制裁中国。

日本援军在上海登陆

与此同时，日本政府以"保护侨民"为名，陆续增派军舰和海军陆战队到上海，积极进行武装进攻上海的准备。除了"九一八事变"后陆续驻抵上海的军舰之外，日本海军还于1月21日从吴港派出巡洋舰"大井"号和第十五驱逐舰队共4艘驱逐舰，运载第一特别海军陆战队450多人和大批军火前往上海。

1月24日，停泊于旅顺港的"能登吕"号特务舰也驶抵上海。1月28日，日本海军又从日本国内急调第一水雷战队共12艘驱逐舰，运载第二特别海军陆战队460多人到达上海。

至此，日军在上海集结了20多艘军舰，40余架飞机，海军陆战队6000多人分布在日租界和黄浦江上。

在日军阴谋调兵之际，日本驻上海领事馆又向上海市政府发出最后通牒，限上海市政府在48小时内对日方所提要求作出"圆满"答复，否则日军将"自由行动"。

随着日军增援部队的到达，日本帝国主义的态度更加强硬，并为挑起事端制造新的借口。

1月24日，日本特务机关派人放火焚烧了日本驻华公使重光葵在上海的住宅。事情发生后，日本人还诬称是中国人所为。

日本帝国主义的蛮横行径激怒了上海人民，上海各抗日团体立即组织上海民众到市政府请愿，强烈要求国民政府对日绝交，坚决反对市政府接受日本的无理要求。

面对日本帝国主义的挑衅，国民政府授意上海市政府再次对日本实行退让政策，以求通过妥协来息事宁人。

1月下旬，行政院长孙科致电上海市长吴铁城。孙科在电报中称："本日下午与汪、蒋两先生详商应付上海事件，我方应以保全上海经济中心为前提，对日方要求只有采取和缓态度，应即召集各界婉为解说，万不能发生冲突，致使沪市受暴力夺取。至不得已时，可设法使反日运动表面冷静，或使秘密化，不用任何团体名义，俾无所借口，请即秉此旨妥密进行为要。"

于是，上海市政府国民政府的旨意，执行对日妥协退让政策，处处迁就日本帝国主义的无理要求。1月27日，上海市市长吴铁城命令市公安局取消上海各界抗日救国会。

但是，日本方面坚持一定要吴铁城下令将只要是有"抗日"字样的各种团体都必须解散。吴铁城遵从南京政府"忍辱负重"的旨意，于1月28日下午3时送复牒到日本领事馆，表示接受日本所提出的要求。

然而，蓄意进行侵略的日本帝国主义者并不以此为满足。1月28日下午，日本驻上海舰队司令盐泽幸一又发出了另一个通牒，限令中国驻军第十九路军立刻退出闸北，让给日本军队进驻。盐泽幸一未待中国政府答复，便于当天向闸北通庵路中国驻军发动突然袭击。这样，震惊中外的上海"一·二八"淞沪抗战在中国政府的一再忍让下，还是爆发了。

# 第十九路军抵御日军进攻的
# 思想准备和作战部署

日本帝国主义的一系列暴行，激起各界爱国人士的强烈不满。与国民党政府妥协退让政策形成鲜明对照的是，在中国共产党抗日救国的号召和影响下，中国国内各抗日阶层和抗日力量，包括国民党军队中一些爱国将领的抗日反蒋情绪日益高涨起来。

在上海从江西调到南京、上海一带的第十九路军，抗日爱国情绪急剧增长。

时任第十九路军总指挥蒋光鼐、军长蔡廷锴后来曾回忆说："十九路军驻扎江西时，在中国共产党和红军'中国人不打中国人'、'枪口一致对外'的正义号召的推动下，全体官兵3万余人，曾在赣州宣誓反对内战，团结抗日；调防淞沪一带后，在上海人民抗日宣传的影响下，更下定了为中华民族图生存、为中国军人争人格的决心。"

蔡廷锴，字贤初，1892年4月15日出生在广东罗定县龙岩乡一户农民家庭。16岁时，他挑起家庭重担，携带幼弟，勤劳耕种。18岁那年，抱着"富国强兵"的志向，往省城投军入伍，历任班长、排长，直至第

威震黄浦江畔　高奏抗日壮歌

十九路军军长。

十九路军的前身是粤军北伐战争时期的国民革命军第十一军第一师第四团，（1926年北伐初军长为陈铭枢——编者注）在抗击桂系军阀陆荣廷，平定滇桂军阀杨希闵、刘震寰的叛乱，为广东革命根据地的统一和北伐战争的胜利立下了战功。后为第四军第十师，在北伐征战吴佩孚、孙传芳等历次战役中，屡建战功。

蔡廷锴，1932年任国民党十九路军军长兼副总指挥。

到1930年8月，十九路军建制始告确立，蔡廷锴任军长。后来，这支军队被蒋介石利用，投入到内战之中。1930年，第十九路军以其为基础宣告成立，由蒋光鼐担任总指挥，蔡廷锴和戴戟担任下属两个师的师长。但是，实际上，第十九路军仍然受陈铭枢节制。

1931年10月，由于陈铭枢促进了国民党内部的蒋介石派与两广派的妥协，所以陈铭枢被任命为京沪卫成司令长官，第十九路军也由江西赣州"剿共"前线调戍京沪地区。此时，蒋光鼐担任总指挥，蔡廷锴担任军长，戴戟担任淞沪警备司令。十九路军3个师，6个旅，每旅下辖3个团，全军共3万多人。

调防京沪以后，第十九路军深受上海抗日救亡运动的影响，全军上下坚定了"为中华民族图生存，为中国军人争人格"的坚定决心，随时准备抗击日本侵略军的进攻。

十九路军调防卫戍京沪以后，形势继续在恶化，日本不断地在天津、青岛、汉口、福州、重庆等地进行挑衅活动，妄图进一步扩大战争。

上海是中国最大的经济中心，又是东海门户，蔡

蔡廷锴发表慷慨激昂的讲话

威震黄浦江畔　高奏抗日壮歌
——一·二八淞沪抗战

出征前的中国军人士气高涨

廷锴以他多年戎马生涯的丰富战斗经验判断：日本要侵占中国，必先占领上海。因此，从十九路军卫戍京沪的那天起，蔡廷锴就开始密切注视着日军的侵略活动。

第十九路军广大官兵虽具有坚定的抗日决心，但第十九路军因为不是国民党中央嫡系部队，在国民党各军中备受排挤，"九一八事变"后，第十九路官兵连军饷都领不到。自1931年10月起，国民党政府即以国难严重，税收减少为藉口，停止给第十九路军发饷。官兵的伙食全靠驻地人民群众自愿供给，寒冬腊月，战士没有棉衣御寒。蔡廷锴亲往军政部交涉。何应钦却以"军需稍有着落，即先给你部"的虚言拒绝。至于前线抗战迫切需要的武器弹药、交通工具、通讯器材、工事物资、医药用品等，更是扣发不给。

政府当局的刁难、阻挠和破坏，丝毫不能动摇蔡廷锴率领十九路军抗击敌军的意志和决心。正如第十九路军给全国通电中所表示。"军人惟知正当防卫，捍患守土，是其天职，尺地寸草，不能放弃，为救国而抵抗，虽牺牲至一人一弹，绝不退缩，以丧失中国军人之人格"。

第十九路军调戍京沪以后由于情况生疏，对日军活动知道得非常少。直到"一·二八"淞沪抗战爆发前两个星期，第十九路军才从日军的活动中判断日军准备对上海发动武装进攻已是不可改变的事实。在这种情况下，第十九路军开始了更主动积极的备战。

1932年1月，十九路军从日本人不断挑衅闹事和日海军源源增兵上海的活动中，断定日军对上海发动武装进攻是不可避免的，只不过是时间早晚的问题，在战争爆发前的短短十多天内，积极厉兵秣马、屯粮备弹，做了必要的应战准备。

1月19日，蔡廷锴在龙华警备司令部召集驻沪部队营长以上军官紧急会议，第十九路军总指挥蒋光鼐也出席了会议。蔡廷锴在会上作了动员，指出："日本这几天处处都在挑衅，并增派兵船、飞机母舰来沪，大有占据上海之势，侵略者如此横行霸道，实在忍无可忍，我决心为国捐躯。"他的爱国热情和抗日决心，深深地感染了与会的各级将领，他们都慷慨陈词，矢志守卫国土。

当天下午，蔡廷锴向全军发出密令，要求全军将士严密戒备，如果日军向驻地部队攻击时，应以全力扑灭之。同时，对部队的防守作了部署。命令第七十八师一五六旅担任京沪铁道以北至吴淞、宝山之线，第一五五旅担任京沪铁道线以南至虹桥、漕河泾之线；吴淞要塞司令率原有部队固守要塞，第六十、第六十一师增援时，须于战斗开始后五日内到达上海附近。各防区赶紧构筑工事，挖掘战壕。蔡廷锴日夜运筹于帷幄，深入各防线视察，检查防务，勉励官兵杀敌报国。

1月23日，十九路军总指挥蒋光鼐、军长蔡廷锴和淞沪警备司令戴戟在龙华警备司令部，又召开了驻上海部队营以上军官紧急军事会议。会上，蔡廷锴再次发表了慷慨激昂的讲话。他说："日本人这几天在上海处处都在向我们寻衅，处处都在压迫我们，商店被其捣毁，人民被其侮辱，并加派兵船及飞机、母舰来

沪，大有占据上海的企图。我最近和戴司令一再商量，觉得实在忍不下去，所以下了决心，就是决心去死，但死也要有个死的方法。……现在请戴司令再来指示我们。兄弟只有决死的心肠，愿意同大家同生共死！"

接着戴戟讲话，他同蔡廷锴一样，表示"死守国土"，"做民族自由之神"。他说："自从东三省问题发生以后，兄弟就觉得做中国人实在该死，尤其做军人，更其受刺激得难过。兄弟个人觉得受良心上的责罚，真是痛苦。"他接着谈了最近几天来日本人挑衅的情况，最后豪迈宣誓道："天下兴亡，匹夫有责。成败何足计，生死何足论。我辈只有尽军人守土御侮的天职，与倭奴一决死战，才是真正办法。""我们死守国土，我们做民族自由之神！"与会人员都很激昂，表示要坚决抵抗。蔡廷锴立即宣布：如日军正式进攻，我军即就地坚决抵抗，把侵略军压迫到黄浦江

一·二八淞沪抗战

畔，加以歼灭。

在这次紧急军事会议上，带病参会的蒋光鼐明确表示：

十九路军是很负名誉的军队，现恰驻扎在上海，此时真是十九路军生死存亡的关头，也可说是我们国家生死存亡的关头。到这种时期，我们军人只有根据着自己的人格责任、职守、声誉，来死力抵抗了！从物质方面说，我们当然远不如他，但我们有这种决死的精神，就是全部牺牲亦在所不计。我们的死，可唤醒国魂，我们的血，可寒敌胆，一定可得到最后的胜利。

会议经过讨论，决定第十九路军务必死守上海，并且确定了防御部署以及所有必要的应变措施。第十九路军将领一致决心保卫上海，矢志不渝。

会议结束后，第十九路军总指挥部于当日下午向所属各部发出了密令。密令足以显示第十九路军保卫上海以及同日军奋力一搏的决心。

第十九路军总指挥部向所属各部发出密令之后，蔡廷锴等于1月24日到达苏州。随后，蔡廷锴立即召集驻苏州部队高级将领在花园饭店召开紧急会议。蔡廷锴在会上表明了第十九路军抗战的决心，传达了1月23日发出的密令的有关精神。与会驻军将领一致表示要团结一致抗日。

经过两次会议讨论以后，第十九路军上下就抗日形成了统一认识，各部基本上完成部队的调整部署。这一具体调整是：第七十八师担负淞沪地区防御任务；第六十师第一团调南翔待命；第六十师其余各团和第六十一师为总预备队；第十九路军司令部位真如车站。

其中，第七十八师担负淞沪地区防御任务的具体部署是：第一五五旅担负京沪铁路及以南的真如、虹桥、漕河泾、高昌庙地区的防务（其中第三团驻真如，第二团驻北新泾、虹桥地区，第一团驻龙华、高昌庙地区）；第一五六旅担任京沪铁路以北的闸北、大场、吴淞、宝山地区的防务（其中第六团驻闸北，第五团驻大场，并派一个连担任浏河警戒任务，一个营驻江湾附近，第四团驻吴淞、宝山）；师部位于真如。

吴淞要塞部队要留一个守备营固守要塞。第六十师黄茂权团调南翔待命，其余在无锡、苏州、常州地区的各团和第六十一师位于南京、镇江地区的各团组成总预备队，以便机动作战。淞沪地区阵地具体分布为：南京、龙华、虹桥、北新泾、真如、闸北、江湾、吴淞、宝山一线为第一抵抗线；预定七宝、南翔、嘉定、浏河为第二抵抗线。

　　同在1月23日，蔡廷锴将第十九路军准备抗日的情况电呈国民政府。

　　蔡廷锴在电报中向国民党当局表明了第十九路军抗战的坚定决心。同时，陈铭枢、蒋光鼐、蔡廷锴、戴戟还联名发表了《告十九路军全体官兵同志书》。

　　《告十九路军全体官兵同志书》发表之后，蒋、蔡、戴三人又联名发表了《告淞沪众书》，其内容除叙述"九一八"以来日本的侵略行为和近日上海日人挑衅，并派大批军舰来沪作发动战争的准备情况外，表示决心："宁为玉碎而荣死，不为瓦全而偷生。本总指挥、军长、司令愿与我亲爱之淞沪同胞，携手努力，维持必要之治安，作最后有秩序之决斗。绝不使日兵在中国土地及淞沪万国具瞻之范围扰及我安居，损及我一草一木。否则，军人殉国，本分内事，此物此志，可以昭世界而信神明。"并提出了军民合作，共同抗日的7项措施。至此，十九路军完成了思想准备和战略部署。

　　当时，日军在上海的部队主要是海军陆战队，共约3 000人。中国军队共有33 000多人，但在上海淞沪地区布防的仅有1个团加1个营，实际上还没有正面的日军多。更主要的是，我军的装备远不足日军精良。日军除了有很多装甲车、坦克、大炮外，还有飞机60

架、军舰十艘。

这样，一方要发动进攻，另一方要紧持抵抗，战争已如在弦之箭，根本无法避免了。

# 违抗上命，十九路军同仇敌忾、团结御侮

男儿百战死，壮士十年归！人生上寿只百年，无须留连，听其自然！为自由，争生存，沪上麾兵抗强权。踏尽河边草（河：指宝山蕴藻浜），洒遍英雄泪。又何必气短情长？宁碎头颅，还我河山！

陆军第五军第八十七师二五九旅五一七团一营少校营长朱耀章在月夜巡阵线时发生豪迈的誓言。

接到十九路军的报告，国民政府唯恐第十九路军与日军发生冲突，急忙加以阻挠。在蒋介石看来，"宁忘九一八，毋忘平赤祸"，反共要比抗日重要得多。当得悉十九路军厉兵秣马的抗日行动，就召集亲信幕僚，认为应劝诫十九路军不可冒失。1月24日，蒋介石指使何应钦、张静江劝说第十九路军军长蔡廷锴不要"贸然行事"。

亲日派、军政部长何应钦慌忙从南京赶到上海，何应钦转告蔡廷锴说："现在国力未充，百般均无准

备，日敌虽有压迫，政府均拟以外交途径解决。上海敌方无理要求，要十九路军撤退三十公里，政府本应拒绝，但为保存国力起见，不得已忍辱负重，拟令本

战斗中的中国军队

全国各界纷纷举行游行集会，强烈要求国民政府进行抗战。

军于最短期间撤防南翔以西地区，重新布防。望兄遵照中央意旨，想兄也同意。"

他要蔡廷锴"遵照中央忍辱负重的意旨，将十九路军撤退到后方南翔一带，避免与日军冲突"。蔡廷锴气愤之极，当即表示："上海是中国领土，十九路军是中国军队，有权驻兵上海，万一日军胆敢来犯，坚决给予迎头痛击。"何应钦碰了钉子，但又不便发作，只得对蔡廷锴假意慰勉一番。

时任中华民国建设委员会委员长的张静江也极力阻挠蔡廷锴抗日。张静江声称，第十九路军一向军纪严明，革命有功。但是如果不妥善应付在上海四处挑衅的日军，战争大有一触即发之势。

张静江希望蔡廷锴遵照国民党中央的意旨撤退到后方南翔一带，以免与日军发生冲突。张静江还说，

一·二八淞沪抗战

威震黄浦江畔　高奏抗日壮歌

上海华洋杂处较多，如果战端一开，损失巨大。

蔡廷锴对于何应钦、张静江等人的劝说当即予以严正拒绝。

紧接着，上海名人王晓籁，杜月笙等，也都受蒋介石的指使，以慰问为名，纷纷向蔡廷锴进行劝说。要他"体念政府苦心，遵命撤退上海驻军，以求息事宁人"。蔡廷锴不为所动，抗日决心坚如磐石。

形势一天天恶化，日本海军陆战队在北四川路、老靶子路等地步步紧逼，调动频繁，似有一触即发之势。在这样严重的时刻，蒋介石等饬令参谋总长朱培德、军政部长何应钦，要他们电令宪兵司令谷正伦、京沪卫戍司令长官陈铭枢、淞沪警备司令戴戟，为了力图避免日中双方军队发生冲突，双方换防。

据此，军政部于1月27日夜，连发三道火急电报，"忍辱求全，避免冲突，万勿妄动，以免妨害国防大计"。命令第七十八师一个团所驻守的闸北防地，火速交给宪兵第六团接防。该团官兵非常气愤，纷纷写请战书，决心与日军决一死战，坚决不愿交防。官兵们高昂的情绪，激励和增强了蔡廷锴抗日的信心。他除了命令全线守军加强戒备外，公然变更军政部"火速交防"的命令，使抗战部队得以坚守阵地。

宪兵司令谷正伦接到命令后，立即派宪兵第六团于1月28日赶到上海闸北，接替第十九路军第七十八师翁照垣旅的防务。但没等两军防务交接，日军即于当晚发动对上海的进攻。

1932年1月28日深夜，喧哗了一天的上海已渐渐静下来了，四周夜幕沉沉，只有为数不多的霓虹灯还在不知疲倦地亮着。夜，静悄悄的，只有黄浦江的江水拍击岸边的哗哗声不时传来。在这黑暗和寂静的夜空里，空气中却充满了紧张不安的气息，一双双眼睛都在暗夜中静静地注视着对方的动静。

23时30分，一阵极清脆的步枪声突然破空响起，打破了那寂静而又紧张的气氛。接着，机关枪的声音如爆豆似的响开了……日本海军陆战队分5路向驻守闸北的中国军队发起了进攻。在闸北布孩的十九路第七十八师一五六旅奋起抵抗。"一·二八淞沪抗战"从此开始了。

第十九路军毅然违反国民政府的意愿，奋起抗击，淞沪抗战就此拉开序幕。在这种情形下，原准备接替第十九路军维持闸北治安的宪兵第六团也成为了第十九路军的援军，共同抵抗日军的侵犯。

第十九路军总部在接到关于日军发动进攻的报告后，蒋光鼐、蔡廷锴、戴戟连夜赶到真如车站，设立临时指挥部，按照原定部署指挥作战。第十九军临时

顽强应战的中国宪兵部队

指挥部命令后方部队迅速向上海推进。

1月29日1时，蒋光鼐、蔡廷锴、戴戟联名向全国各界发出通电。蒋光鼐、蔡廷锴、戴戟在通电中明确指出：

暴日占我东三省，版图变色，国族垂亡。最近，更在上海杀人放火，浪人四出，极世界卑劣凶暴之举动，无所不至。而炮舰纷来，陆战队竟于28日夜12时，在上海闸北登岸袭击，公然侵我防线，向我开火，业已接火。光鼐等分属军人，唯知正当防卫。捍患守土，是其天职，尺地寸草，不能放弃。为卫国守土而抵抗，虽牺牲至一卒一弹，决不退缩，以丧失中华民国军人之人格。此物此志，指天日而昭世界。炎黄祖

"一·二八"淞沪抗战中我军战士用机枪射击敌机

宗在天之灵，实式凭之。

蒋光鼐、蔡廷锴、戴戟所发出的通电，充分表明了第十九路军对于日军进攻实行坚决自卫的战斗到底宁死不屈的决心。

此时的日军穷凶极恶，意欲一夜占领上海。日军指挥官盐泽幸一在战前便夸下海口，狂妄宣称"四个小时占领上海"，因而日军从进攻一开始便气势汹汹地扑来。中国军队也早已义愤填膺，早就想狠狠教训这些侵略者，于是也英勇顽强地奋起还击。这样战斗一开始，就进入了你死我活的白热化状态。

战斗打响半小时后，混乱的激战刚有所缓和，大部日军便在几辆装甲车的掩护下，由虹江路、宝兴路、广东路等处向我正面阵地进攻；横浜路、天通庵路、青云路等处日军约六七百人，也在几辆装甲车的掩护下，向我军陆地冲来，其来势凶猛异常。前面，装甲车一路吱吱咯咯地横冲直撞，后面，日军步兵端着枪威风十足地跟着……

威震黄浦江畔　高奏抗日壮歌

一·二八淞沪抗战

天亮以后，日军在装甲车的掩护下，连续发起猛攻。日机也起飞，对闸北、南市一带进行狂轰滥炸，战火迅速蔓延。守军第一五六旅顽强抗击日军的进攻，以集束手榴弹、潜伏手段炸毁日军装甲车，坚守祖国的每一寸阵地。他们还在炮火掩护下适时向日军实施反击，打退日军的连续进攻。

我军士兵初次看见日本侵略军，一个个眼睛都红了。想到这是侮辱我们的国家，欺凌我们四万万人民的敌人，现在又来屠杀我们，占领我国的领土，大家本已气得七窍生烟，再看到他们那目空一切，不可一世的样子，就更是切齿痛恨了。砰！砰！砰！咔咔咔……一阵机枪扫射之后，敌人张皇失措，一个一个倒下去，倒下去……

铁甲车突然停下来了，但片刻之后，它又像一头被激怒的野兽，冲过来了！50米30米，……一排手榴弹雨点一般地飞出去，一阵巨响震耳欲聋，一团团烟尘腾空而起。铁甲车立即掉头往回开了！惊慌失措的敌人，马上连爬带滚，抱头鼠窜。突突突……我军的机枪又响起来了，从左边扫到右边，又从右边扫到左边。刹那间，在阵地前面，除了横七竖八的敌尸外，什么也没有了！这次战斗，打死敌人300多人，伤数百人，炸毁铁甲车3辆。

在这次战斗中，我军第五团第一营上士班长潘德章，当敌人在广东路街口用铁甲车冲锋时，他沉着地用机枪扫射，击毙了好几十个日军，飞来一颗敌弹打中了他的左臂，他仍旧不走，咬紧牙关继续射击，终使敌人狼狈而退。同连的上等兵伍培、伍全兄弟二人，闸北宝山路奋不顾身地和敌人拼刺刀。他们左冲右突，见一个刺一个，刺死了约十几个敌人之后，终于为敌人所害，因为敌人比他们多十倍！第三中尉副连长谭绍平和上士班长张桂标，在闸北宝山路源路口，当敌人冲来时，他们酣战如狂，在击倒十几个敌人之后，自己也受了伤。同伴劝他们退下，他们却反而冲上前去，最后在一阵炮火之下，以身殉国。其他如第二营第五连连长钟国华，第三营第八连少尉副连长，都在截击敌人的装甲车时，表现出特殊的勇敢。其他奋勇杀敌、慷慨牺牲的英雄事例，亦不在少数。

日军向19路军进攻

上午10点左右，敌人再次发起新的攻势，一场激战又开始了。这一次，敌人在连遭惨败后学乖了，变换了攻击方式，先用极猛烈的炮火向我军作压倒性的轰击，同时敌机也在空中到处投弹，许多民房和商店都陆续起火，烟雾漫天，商务印书馆总厂和东方图书馆就是在这个时候着火的。我军高射炮、步枪和机枪虽持续对空射击，但火力微弱，对敌机的杀伤力几乎等于零！不一会儿，我军阵地几处被炸毁，火车北站的钟楼和大厅也中弹起火，防守北站的宪兵只有一连，敌我力量十分悬殊。商务印务馆和东方图书馆这时已火光冲天。

战斗进行得非常激烈。市街到处起火，火焰漫天，战场十分凄惨。在北站以及商务印书馆两处起大火以后，日军趁机向北站发起猛烈进攻。中国守军与日军激战一个多小时。由于双方力量悬殊太大，中国守军一部暂时退出北站。

在猛烈的炮击和轰炸之后，敌人又在装甲车掩护下，出动1 000多人向我军宝山路、虹江路各路口猛烈冲锋，妄图占领北站。我军士兵，自战争爆发以来，眼看不少战友壮烈牺牲，不少战友遭受残害，因而对敌人都恨得咬牙切齿。他们坚守在阵地上，没有一个先行退走。有的甚至在长官下令撤退时，宁愿违背命令，仍继续坚持作战，直到击退敌人，或者壮烈殉国！

第六团第一营第二连士兵宋德洪，射击非常准确。一连击毙十几名敌人。敌军纷纷溃散时，他一跃而起，去缴敌军的枪械，冷不防被一个受伤的敌人所袭击。在负伤之后，他仍将敌人击毙，拿回一批枪支。

下午5时，第十九路军第一五六旅主力加入战斗进行反击，经过奋力拼搏之后，终于夺回北站以及天通庵车站。守军还乘胜追击，一度攻占日军驻上海陆战队司令部，迫使日军退到北四川路以东、靶子路以南地区。日军的首次进攻在中国守军的顽强抵抗下宣告失败。

日军尽管进攻了一整天，但进展不大，这样，盐泽泄了气，认为中国军队不可轻视，以原有兵力打下去，日军会有拼光的危险，于是便在29日晚20点通过英、法、美等国驻沪领事，向十九路军提出停战要求。十九路军明知敌人是缓兵之计，但因我军也需要调整部署，所以双方谈判约定停战。在停战期间，日本派驱逐舰4艘、巡洋舰3艘、航空母舰2艘，载海军陆战队几千人，陆续开到上海。

1月30日，日军佐世保第三特别陆战队在上海登陆。2月1日，横须贺第一特别陆战队也开抵上海。2月2日，日本海军中央部将长江一带原海军及新增调

威震黄浦江畔　高奏抗日壮歌

"一·二八"淞沪抗战中日军装甲车冲进江湾镇

舰船编成第三舰队，在司令官海军中将野村吉三郎统一指挥下，准备进攻上海。同一天，日本海军中央部批准上海日军可以采取积极行动。

与此同时，第十九路军也及时调整了部署，将原驻镇江以东的第六十师调至南翔、真如一带，第六十一师调往上海。原驻上海的第七十八师全部布防第一线，增强防御。

2月3日，日军破坏停战协议，再一次向闸北发动进攻。同时，日军以20余艘军舰、10余架飞机轰击吴淞炮台。中国守军在闸北地区击退了日军的进攻。但是，在这次战斗中，守军伤亡惨重。

在这种情况下，第十九路军在2月3日晚作了相应的调整和部署：调第六十师第一二〇旅接替闸北防务；

宪兵第六团担任曹家渡、中山路警戒；第一五六旅撤离闸北，其第一团增援吴淞，第六团撤到了金家角地区休整。

2月4日，日军向闸北发动第一次总攻，以几千人分为3路会攻闸北，仅攻击八字桥的日军就有好几百人。但是，在中国守军的顽强抗击下，日军屡遭失败。

午后，日军被迫撤回原进攻出发阵地，并以13艘军舰、24架飞机猛烈轰击吴淞要塞。到当天下午1时，吴淞炮台6门要塞炮被毁，炮台守备营被迫后撤。日军乘机在吴淞要塞登陆，但是随即被增援吴淞的第一五六旅所击退。

2月5日，日军再次进攻闸北，守军顽强战斗。日

"一·二八"淞沪抗战中我坚守吴淞炮台的官兵正严阵以待

军虽一度攻破，但很快被中国守军赶出。日本海军陆战队指挥官认为，中国守军的后方阵地非常坚固，如果不付出较大"牺牲"是难以攻破的。于是，当天下午，日军下令停止攻击，撤回原阵地。日军发动的第

一次总攻彻底被粉碎。

日军总指挥盐泽幸一曾经扬言"上海一旦发生战事，4小时就可以将上海攻下"。但是，在第十九路军的英勇抗击下，盐泽幸一的狂言化为泡影，盐泽幸一本人因指挥进攻失败而被撤职回国，成为开战以来第一位被撤职的日军指挥官。

美国记者埃德加·斯诺曾经对此做出了很恰当的评论。埃德加·斯诺说：

"在现代恐怕没有其他海军司令像盐泽上将（少将）这样在他被免去在上海的高级指挥权以前的几天里接二连三地犯这样多的错误了。这些错误全都由于他最初低估了敌方的士气和力量。他把整个战役建立在一种迷信上，似乎只要一挥动日本国旗就能使中国军队落荒而逃。""他在他的最后通牒被全盘接受之后发动战事，首先就违反了国际法。他以租界作为进攻中国人的基地，破坏了租界的传统的地位。他没有预先警告非战斗人员就轰炸一个人口稠密的城市，从而违背了国际惯例。而且他公开对华开战，自然是撕毁了一切国际和平条约。"

美国记者埃德加·斯诺的这一评论，不仅真实揭露了盐泽幸一的骄傲和狂妄，而且对日本帝国主义践踏和平、发动侵略战争的罪恶行径给予了有力的谴责。

盐泽幸一被撤职后，日军第三舰队司令官野村吉三郎接任上海日军总指挥。同时，日本陆军中央部调派陆军第九师团和混成第二十四旅团增援上海。

2月5日，日本陆军中央部发布命令，派遣第九师团、上海派遣混成旅团等，由第九师团师团长植田谦吉指挥。日军考虑到在上海遭到惨败，决定派先遣旅团（第二十四旅团——编者注）速到上海加入第三舰队序列。同时，日本海军还增派横须贺第二特别陆战队增援上海。

野村吉三郎接任上海日军总指挥以后，决定改变进攻闸北的计划，以主力会攻吴淞，同时以一部兵力进攻江湾，企图从守军左翼突破，并做好了相应的部署。

针对日军的企图，第十九路军加强了左翼防守的兵力，并重新做了部署。其第七十八师的具体部署是：第一五六旅以第四、五团坚守吴淞、宝山等地，第六团担负大场至真如车站一线的警戒；第一五五旅以第一、二团驻守真如附近，第三团担负北新泾至真如车站一线的警戒。第六十一师第一二一、一二二旅由南翔分别推进至大场、刘家行地区。其具体部署是：第一二一旅以第一团担任江湾的警戒；第一二二旅以第四团至罗店担任浏河、川沙方面的警戒。

另外，第十九路军以第六十师守备闸北至江湾一线。第八十八师独立旅及宪兵第六团担任南市、龙华、虹桥、北新泾一线守备。

2月6日，增援上海的日军一部驶向吴淞口。为掩护日军在吴淞口登陆，日军在上海的陆战队从2月7日晨开始集中全力进攻吴淞。日军还动用飞机沿淞沪铁路线轰炸中国守军阵地。

当天上午10时，日军猛攻吴淞地区中国守军第一五六旅第四团阵地。同时，日军集中军舰24艘、火炮30多门、飞机20多架，对蕴藻浜车站、吴淞镇、狮子林炮台实施轰击，配合地面进攻。中国守军浴血抗击，多次打退日军的进攻。

日军增援混成第二十四旅团（即上海派遣混成旅团——编者注）于2月7日下午抵达吴淞，并强行登陆。第十九路军曾对登陆的日军实施炮火袭击，但效果不大。日军登陆后在徐家宅附近集结，做进攻吴淞炮台的准备。

2月8日拂晓，日军混成第二十四旅团向张华浜、蕴藻浜、吴淞镇进攻。日海军司令部曾向美驻沪记者扬言"日军决在午前占领吴淞"。至傍晚，日军先后发起十几次进攻，但都在守军的反击下遭到失败。

日军在进攻吴淞的同时，以一部兵力在纪家桥偷渡，企图袭击守军后路。但被守军发觉后击退。日军还以一部兵力向八字桥、江湾进攻，企图攻占江湾、大场，截断守军吴淞与闸北之间的联系。日军的阴谋又被守军粉碎。

2月10日，中国守军第一二二旅第六团由刘家行进至杨家行，防守胡家庄沿蕴藻浜北岸至吴淞一带。

在第十九路军的请求和张治中的请缨要求下，蒋介石命令张治中率所部支援上海，张治中所率第五军第八十七师第二六一旅于2月12日迅速赶来增援，并派一个团接替驻守罗店的第一二二旅第四团的防务。

2月12日，日军混成第二十四旅团为夺取蕴藻浜作为进攻吴淞的支撑点，先后在纪家桥附近架桥。日军的企图遭到守军的破坏。但是，日军利用黑夜做掩护架桥成功，并在第二天拂晓强渡蕴藻浜，在曹家桥附近突破中国守军防线。

在这种情况下，第十九路军急调第六十师第一二二旅赶往增援，将渡河日军包围。双方展开肉搏格斗。日军立即设法救援，被围日军在其救援部队的接应下

威震黄浦江畔　高奏抗日壮歌

一·二八淞沪抗战

淞沪抗战中我第5军开赴前线支援19路军

拼死突围。最后，少数日军突围后被救援部队收容后撤，大部分日军被歼。

2月14日拂晓，日军再次以部分兵力进攻江湾、

被击毁的日本战机

八字桥、青云路、天通庵路等地，结果再次遭到中国守军的打击。

至此，日军已无力组织新的进攻，被迫原地固守待援。同时，日本帝国主义请英、美、法、意等国公使出面调停，再次处于休战状态。日军企图包抄吴淞中国守军的计划彻底被粉碎。

日军陆军中央部还急令陆军第九师团火速增援上海。2月13日，第九师团师团长植田谦吉与第一梯队抵达上海港。

上海战况于日军不利，日本内阁于2月14日又调陆军第9师团参战，改由第9师团师长植田谦吉统一指挥。同日，张治中所率的第88师及中央陆军军官学校教导总队也赶到了上海，归第19路军统一指挥。

2月16日，第九师团全部在吴淞码头登陆，而上海的日军改由植田谦吉统一指挥。此时，在上海的日军已达3万多人，并配有70多门野炮，60多架飞机，十几艘舰艇集中于吴淞口。

2月18日，日军植田发出最后通牒，再次要求第十九路军撤退，遭到中国守军的严正拒绝。于是，日军在当日下午向第十九路军军长蔡廷锴发出最后通牒。日军在通牒中无理提出，第十九路军立即停止战斗，并在2月20日17时前撤退至距离各租界边界线20公里地区以外，被蔡廷锴严词拒绝。

同时，日军还要求第十九路军撤除在防区内的炮台等其他军事设施，并不许再设置。日军在通牒中还称，如果他们所提出的要求不见实行，日军将对第十九路军采取"自由行动"，由此产生的一切后果应由第十九路军自己负责。

第十九路军收到日军的通牒后，立即召开高级军官会议。第十九路军群情激愤，怒不可遏。会议讨论决定，指挥部立即令前线部队集中炮火向日军阵地猛轰，作为对日军通牒的回答和警告。

第五军的增援大大增强了中国军队在这一地区的防御力量。

第十九路军在总体上做了重新调整，即由第五军接替由江湾北端到吴淞西端一线的防务，并任命张治中为左翼军指挥官，全面负责左翼地区的作战指挥；由第十九路军担负江湾及江湾以南至南市一线地段的防御，由蔡廷锴担任右翼军指挥官，统一指挥右翼地区的作战。

第十九路军指挥部要求左、右翼两路军于 2 月 18 日拂晓前完成全部调整。

右翼军由第六十师、第六十一师、第七十八师（除第一五六旅之外）、第八十八师独立旅、宪兵第六团组成，主要防守南市、龙华、北新泾、真如、北站、八字桥、江湾一线。右翼军的主力位于真如、大场间，以迎击当面日军，并等待机会向引翔港方向出击。

右翼军的具体部署为：第八十八师独立旅、宪兵第六团防守南市、龙华、虹桥、北新泾等地；第七十八师防守北新泾沿苏州河北岸至北站一线，主力位于真如附近；第六十师防守北站、闸北、八字桥、江湾南端一带，主力位于中央地带以迎击江湾当面的日军，相机向引翔港方向出击；第六十一师以一部兵力防守江湾镇，主力集结于大场镇西南一带作为右翼军预备队。

左翼军由第八十七师、第八十八师（独立旅除外）、第七十八师第一五六旅、中央军校教导总队组成，防守江湾北端、庙行镇、蕴藻浜北岸、吴淞一线。左翼军主力位于大场镇、杨家行、刘家行之间，等待有利时机，以便向殷行镇方向歼日军于黄浦江畔。另外，左翼军以小部兵力配置于罗店、浏河、川沙等地，担任沿江岸警戒任务。

左翼军的具体部署是：第八十八师（欠一个团）主力位于大场以北地区防守江湾北端至周巷、蔡家宅一线；第八十七师第二六一旅防守蕴藻浜北岸胡家宅至吴淞西侧一带，以第二五九旅为师预备队，控制火烧场附近；中央军校教导总队为军预备队集结于刘家行以北的太平桥附近地区。

与此同时，张治中对第五军进行了作战动员，并发表《告全军将士书》。张治中表示：誓与我军将士共患难，同生死。"张治中希望第五军将士"人人抱必死之心，以救国家，以救民族"。张治中表示即使只剩一兵一卒，也必与日军拼命到底。

张治中在答复蒋介石的信中也表达了抗战的决心。张治中曾在信中写道："职此次奉命抗日作战，即下最大决心，誓以一死报国，并与十九路军团结一致，对于蒋、蔡两位，绝对和衷共济，断不负钧座之教训。"

日军料到第十九路军不会接受最后通牒中所提的条件，因而不待第十九路军答复即于2月19日下令以主力攻打庙行、江湾等地，企图将这一带的守军消灭于苏州河以北地区。

2月20日晨，植田令日军全线总攻，日军从正面向闸北至吴淞发起全线进攻。日采取中央突破，两翼卷击的战法，企图从中国守军阵地中央突破，然后向吴淞、闸北一带进攻。日军以第9师团主力突江湾、庙行结合部，企图北与久留米旅围攻吴淞，南与陆战队合围闸北。混成第二十四旅团在飞机、重炮的支援下，向庙行镇方向攻击。中国守军第八十八师官兵奋勇抗击。直到当天下午，日军仍然滞留于中心巷、金家宅、孟家宅地区，没有任何进展。

第十九路军与第5军并肩作战，密切配合，利用长江三角洲水网地带及既设工事顽强抗击，并组织战斗力强的部队夹击突入江湾、庙行结合部之敌。

日军第九师团右翼队和中央队在坦克的配合下，向江湾镇发动猛攻。在这种情况下，守军沉着应敌，并挫败日军的进攻。

当天夜晚，日军调整部署。第二天，日军再一次发动进攻；结果仍然没有丝毫进展。而且，在十九路军守军的火力杀伤下，日军伤亡惨重。日军看到损失太大，而且又没有效果，便只得以一部兵力监视守军阵地，停止攻击。

随后，植田谦吉拼凑力量调整部署，再次组织全线进攻，以求部分突破驻军阵地以挽回败局。

2月22日拂晓，日军再一次发起进攻。日军混成第二十四旅团第一线部队乘晨雾于天亮前突入庙行镇东端中国守军第八十八师第二六四旅第五二七团第三

营阵地和麦家宅及其南侧坟地一带。

日军打开缺口后，乘机扩大战果，妄图动摇中国守军全线防御。在此危急时刻，右翼军指挥官张治中当机立断，亲自率领右翼军预备队赶往冯家宅第八十

2月20日至22日，日军全线进攻江湾，被中国军队击毙212人，打伤611人。这是他们在抢运尸体。

八师司令部指挥。张治中一面命令第八十八师坚守阵地阻击日军扩张，一面令第八十七师第二五九旅向庙行镇增援。张治中还令第二六一旅以火力掩护增援部队。

经过分析，第十九路军指挥部判断，经过几天激战，伤亡惨重、止步不前的日军，在没有得到新的增援之前所谓"全线进攻和突破"是可以被中国守军粉碎的。

第十九路军总指挥蒋光鼐于2月22日9时决心由江湾镇、庙行镇、蕴藻浜3个方向同时实施反突击，歼灭庙行镇的日军。

蒋光鼐命令：第六十师在闸北至江湾一线实施佯

攻，以牵制日军；预备队第六十一师第一二二旅（除第六团——编者注）从小场庙、竹园墩向赵店宅攻击当面日军的侧背；第八十七师第二五九旅加入庙行镇正面，与第八十八师同时从正面实施攻击；第八十七师第二六一旅以主力由蕴藻浜渡河，向金穆宅进攻日军侧背。

当天午后，第十九路军各部按指挥部的部署到达指定位置，即全线向日军展开反突击。

第六十师由宝山路、天通庵路、中山路向日军实施佯攻，以牵制日军。第六十一师第一二二旅，由大场镇西南向前推进，并在小场庙、竹园墩地区协同第八十八师反击当面日军。第六十一师进占赵家宅西端

2月22日，庙行大捷中国军队由竹园墩河岸攻敌。

威震黄浦江畔 高奏抗日壮歌

地区时，发现日军已纵火焚烧房屋，准备溃逃。第一二二旅以部分兵力追击，于当晚占领孟家宅。

第八十七师第二六一旅先后攻占北孙宅、陆家桥、西港、南孙宅，并与占领孟家宅的第一二二旅部相呼应。第八十七师第二五九旅加入庙行镇正面战线后，与第八十八师一起，等到两翼反突击部队进到日军侧背后即实施反击。这样，进攻庙行镇的日军全部陷入突击部队的包围之中。

日军指挥植田谦吉得知混成第二十四旅团被围后，急令师团预备队以及吴淞支队一部前往救援。日军混成第二十四旅团在救援部队的配合下，仓皇突围溃逃。

第十九路军反突击部队与日军展开白刃格斗，战斗异常激烈。经过几个小时的激战，日军大部乘夜色突围逃跑。吴淞支队一部被包围歼灭在金穆宅、大小麦家宅一带。

日军在遭到第十九路军反突击部队的沉重打击后，陷入危境之中。而日军全线进攻的企图也宣告失败。经过6昼夜争夺战，日军遭受重创，由全线进攻转为重点进攻，再由重点进攻被迫中止进攻。

日军第九师团对江湾地区的攻击也被中国守军击退。在这次战斗中，双方伤亡都较大，日军伤亡800多人，第十九路军也伤亡惨重。对此，张治中后来回忆道：

这是日寇在沪第一次总攻的失败。敌第九师团及久留米混成旅团的精锐，伤亡重大，庙行镇、江湾间，敌尸堆积如山，计有三四百具之多。而使我伤悼者，就是我们的忠勇的袍泽，牺牲于此一役中的，为数亦复不少，官长伤亡八九十员，士兵伤亡一千余名。所以有一本《淞沪抗日作战所得之经验与教训》小册子上面说过："以我各官兵作战之勇，牺牲之烈，斯书殆亦不啻滴滴鲜血所写成。"而庙行一役的忠勇奋斗，壮烈牺牲，更是这滴滴鲜血的结晶。

2月22日夜，守军恢复原态势。第八十八师主力由于伤亡惨重，撤至庙行镇西南一带进行休整。第六十一师3个团和第八十八师独立旅一个团及第八十七师第二五九旅接替原第八十八师的防务。

第十九路军的反突击是一次成功的战役行动。战斗中，第十九路军指挥果断，作战英勇，官兵团结奋战。舆论界曾一致称"庙行之役是淞沪抗战中战绩的最高峰"。第十九路军的英勇行为，连蒋介石也不得不称："自经二十二日庙行镇一役，我国军声誉在国际上顿增十倍。连日各国舆论莫不称颂我军精勇无敌，而倭寇军誉则一落千丈也。"

日军惨败后立即请调援军准备再攻。同时，日军

调整了部署，准备进行局部进攻。2月25日，日军以第九师团为主力，以飞机、炮兵做掩护，同时向江湾、小场庙、庙行发起猛攻，企图从一点突破。

上午10时，在小场庙正面的日军集中1万多兵力，在50多门火炮的支援下突破金家塘阵地。2小时后，中国守军增援部队分3路进行反击。一路由江湾镇反击日军左翼；一路由庙行镇反击日军右翼；一路从日军正面反击。

反击部队分3路将日军包围起来。激战一直持续到晚亡。日军遭到打击后突围败退，守军阵地失而复得。

2月25日晚，第十九路军总指挥部决心全线出击，以歼灭日军第九师团主力。但是，蒋介石一纸电令却改变了第十九路军的行动。蒋介石将第二次决战日期定于2月29日和3月1日。蒋介石还声称，第十九路军后方援队已全部到前线，其他部队不到3月6日不能参加战斗，要求第十九路军在这段时间尽量节省前线兵力。

蒋光鼐接到蒋介石的电令后，立即命令第十九路军停止出击。于是，守军于2月26日收缩兵力，主动放弃突出的江湾阵地，退守金家塘至竹园墩等地。随即，日军不费吹灰之力进占江湾镇。

还在中日双方激战的时候，上海日军总指挥野村吉三郎向日军统帅部发出急电，切盼"迅速增援重兵"。日本陆军中央部为了"挽回"第九师团在上海惨败的面子和国内、国际的反战压力，认为必须迅速"解决"上海问题。2月23日，日本陆军中央部决定动员和编组上海派遣军。

2月24日，日本陆军中央部以前陆相白川义则为司令官，指挥第十一师团、第十四师团迅速驰援上海日军。

2月29日，白川义则和厚东笃太郎率领第十一师团先遣部队抵达上海。白川义则在听取了参谋长田代皖一郎的汇报后，立即下达作战命令。白川义则企图以第九师团在庙行镇方面继续实施正面进攻，以刚调来的第十一师团在浏河方面登陆，迂回中国守军侧背，截断京沪铁路，瓦解中国守军的抵抗。

在多次增兵以后，上海日军已有7万多人，飞机300多架，并有大量海军。与之相反，第十九路军和第五军的总兵力只有4万多人，并且在前几次战斗中右翼军损失三分之一，左翼军损失约四分之一。这点微弱的兵力防守绵延50多公里的阵地，加上武器损耗极大，正面防守已经感到兵力薄弱。

浏河地区为守军防御阵地的左侧后方，对整个防御关系极大。因此，日军如果在浏河地区占领桥头堡，则中国守军左翼将会陷于腹背受敌的危险态势之下，情况异常危险。

在这种情况下，中国守军因兵力不足，多次急电求援增兵固守。但是，蒋介石仅令"固守"、"加强戒备"，并不发兵增援。情况危急，第十九路军无法兼顾正面与侧翼，只能集中兵力防守正面战场，以阻止日军从江湾方面的突破，对浏河方面近20公里的沿江防线上仅有中央军校教导总队1个连及少数义勇军担任警戒任务。

日军为掩护其主力第十一师团在浏河方面登陆，在庙行镇方面实施猛烈进攻，以拖住第十九路军主力。同时，日军为了迷惑中国守军在多处实施佯攻，特别是在闸北八字桥、天通庵路等地多次发起进攻。

中国守军奋起反抗。在天通庵路附近，第六十师不断派敢死队跃出战壕，与日军短兵相接，迫使日军退向狄思威路。闸北八字桥守军阵地三失三得，伤亡很大。日军伤亡也极为惨重。

3月1日晨，日军对淞沪地区发起全线攻击。日军对中国守军阵地持续进行3个半小时的轰炸。然后，日军步兵在坦克、装甲车的掩护下发起攻击。

中国守军在优势日军的总攻之下仍顽强与日军对抗，阵地多次失而复得。正当第十九路军和第五军与

日军在正面战场激战之时，日军倾第十一师团主力强占浏河，从3月1日开始分别从七丫口、杨林口和六浜口登陆。

警戒浏河地区仅有的1个连及少数义勇军在登陆日军强大炮火和步兵攻击下，仍然以寡敌众，顽强抵抗。第十九路军指挥部急调第八十七师第二六一旅驰援。但是，因缺乏运输工具和日机轰炸的破坏，直至3月1日晚才有1个团赶到浏河。但是，这时浏河已沦陷日军之手。

浏河失陷之前，第十九路军曾请求国民党军政部速派两个师的兵力驰援。但是，国民党军政部却置之不理。浏河失陷，日军对中国守军侧面及后方构成严重威胁。于是，中国守军被迫于3月1日晚全军退守第

二道防线，即黄渡、方泰、嘉定、太仓一线。

2日薄暮，五一七团由庙行左翼抵嘉定娄塘镇附近。朱耀章营驻防朱家桥，此地为太仓、嘉定间之要冲。血衣犹湿的朱耀章，迅速布置构筑防御工事。日军以千余之众，趁我军久战疲惫之际，自浏河猛扑而来，向五一七团警戒线夜袭。次日8时，敌又增加主力4000余人向我阵地突击，进迫朱家桥北岸五一七团团部，我阵地危在旦夕。

朱耀章闻讯立即亲率第三连驰至，向敌奋勇冲击、白刃肉搏，打退了敌人。阵前敌尸成堆，我三连官兵也为国捐躯所剩无几，留下了一片血海。下午4时，团长张世稀决定率部冒死突围。朱耀章接到命令后，召集全营仅有的官兵，慷慨陈词，激励以必死决心效忠阵地。全团官兵杀声震野，势不可挡，敌军受此猛击，不支后退，重围遂解，保障了第五军和第十九路军的归路。朱耀章却在突围中身中七弹，壮烈殉国，时年30岁。

朱耀章牺牲后，从他身上找出一首沾着烈士鲜血的遗诗，题为《月夜巡阵线有感》：

风萧萧，夜沉沉，一轮明月照征人。尽我军人责，信步阵后巡。曾日月之有几何？世事浮云，弱肉强争火融融，炮隆隆，黄浦江岸一片红！大厦成瓦砾，市镇作战场。昔日繁华今何在？公理沉沦，人面狼心！月愈浓，星愈稀，四周妇哭与儿啼。男儿百战死，壮士十年归！人生上寿只百年，无须流连，听其自然！为自由，争生存，沪上麾兵抗强权。踏尽河边草（河：指宝山蕴藻浜），洒遍英雄泪。又何必气短情长？宁碎头颅，还我河山！

后来，张治中将军在《第五军参加淞沪抗日战役的经过》一文中写道："葛隆镇一役关系很大——如果不是我五一七团奋勇拒止，则敌趋葛隆，陷钱门塘，直下铁路，我们第五军和第十九路军的归路就断了，那后果是不能想象的。"他又说："这一天的血战，死了我军一个营长、两个连长和连附、六个排长，士兵伤亡近千数。就中第一营营长朱耀章身中七弹，殉国成仁，尤为伟烈。"

第十九路军的撤退是主动的、有计划的行动，是向新的防御阵地转移。第十九路军始终保持着战斗的精神。

3月2日，第十九路军向全国各界发出退守待援的电文。其中指出：

我军抵抗暴日，苦战月余，以敌军械之犀利，运输之敏捷，赖我民众援助，士兵忠勇，肉搏奋斗，伤亡枕藉，犹能屡挫敌锋。日人猝增援兵两师，而我以

运输艰难，后援不继，自21日起，我军日有重大死伤，以致倾全力于正面战线。而日人以一师之众，自浏河方面登陆，我无兵抽调，侧面后方，均受危险，不得已于3月1日夜，将全军撤退至第二防线，从事抵御。本军决本弹尽卒尽之旨，不与暴日共戴一天。

3月2日，日军在第十九路军全线撤退后占领了闸北、大场、真如。第二天，日军进抵南翔。此时，日军发表停战声明说，"只要中国军队不采取敌对行动，我军将暂时原地不动，停止战斗行动"。同一天，国联开会决定，要求中日双方停止战争。

至此，上海淞沪战事基本结束。

第十九路军纪念章

# 全国各界的积极支援

　　第十九路军所取得的抵抗日军的初步胜利与全国各界的积极支援是分不开的。"一·二八"淞沪抗战爆发后，全国各界积极支援第十九路军抗战。第十九路军抗日的义举首先得到了中国共产党声援和上海人民的积极支援。

　　在"一·二八"事变发生的前夕，中共临时中央就发出紧急通知指出，日本帝国主义者派遣大批的军队来上海，进行各种挑衅，准备进行血腥屠杀劳苦群众，镇压革命运动。"一·二八"事变发生前一天，中共临时中央就发出了《中国共产党中央委员会为武装保卫中国革命告全国民众》的宣言。

　　中共临时中央在《告全国民众》中指出："全上海以至全中国的民众，将在日帝国主义与国民党以及其他帝国主义的合作之下，遭到空前的屠杀！"《告全国民众》中强调：

　　全中国的民众们！我们现在是处在生死存亡的紧急关头。我们只有一致团结起来，我们才能抵抗日本帝国主义以及其他帝国主义与国民党的联合进攻。我们必须毫不迟疑的实行罢工罢课罢操罢岗，必须每一

个人迅速地自动武装起来，成立义勇军，组织纠察队，举行兵士与民众的大联合，推翻国民党的统治，建立民众自己的政权，对日帝国主义与一切帝国主义进行民族的革命战争，我们才能给帝国主义与中国的地主资产阶级以致命的打击，保卫中国不再受帝国主义与国民党的蹂躏！全中国的民众们！形势是十二分的紧迫！必须加速度的活动起来，组织起来与武装起来！必须更积极的拥护全中国唯一反帝国主义与反国民党的民众的苏维埃政府，更大规模的投入全中国唯一反帝国主义与反国民党的工农红军。必须在反对帝国主义与反国民党的苏维埃旗帜之下武装保卫中国革命，直到我们最后的一滴血！

"一·二八"事变发生后，中共临时中央于1932年1月31日就此发表《中国共产党中央为上海事变第二次宣言》，谴责日本帝国主义的野蛮行径，揭露了日军所犯下的滔天罪行。

中共临时中央指出："日本帝国主义的炮火轰炸着上海，全上海的劳苦群众在日本帝国主义的炮火之下；流血，死亡，伤残，饥饿，冷冻！帝国主义强盗的暴行，国民党军阀及资产阶级的出卖中国，使几百万上海劳苦群众受着非人的残暴与空前的灾难。"

同时，中共临时中央在《宣言》中强烈谴责国民党作为日本帝国主义的走狗，以血腥屠杀镇压反日运动来献媚日本帝国主义的罪行，强烈反对国民党不积极抗日，一味退让，使千百万中国人民遭受日军屠杀侮辱。

《宣言》强调，全上海的工友们及劳苦群众"只有以自己的英勇的斗争，才能解除我们的痛苦"，并号召"只有以无产阶级一致的英勇的行动，才能够打击敌人的进攻"。

"一·二八"淞沪抗战爆发后，中国共产党还组织上海的地下组织通过工会、学生会和上海各界抗日团体，大力开展支援第十九路军抗战的活动。他们动员各界人民组织义勇军、敢死队、情报队、救护队、担架队、通信队、运输队等，积极参加或支援前线将士作战。全国人民、海外爱国侨胞也从各方面对淞沪抗战给予了支援。

在中国共产党的大力号召和领导下，上海人民尤其是工人和青年学生立即掀起参加义勇军的热潮。中共临时中央在《中国共产党中央为上海事变第二次宣言》中指出：

全上海的工友们及一切劳苦群众，起来，举行总同盟罢工来反对帝国主义，组织义勇军纠察队，夺取武装来武装自己，反对日本帝国主义的进攻！推翻国

民党的统治，建立民众的工农兵的代表会议的政权！成立上海工会总会，要到总商会，银行公会，钱业公会去要救济费。到每个商号中去检查没收日货，将他们分给工人、失业工人难民！到兵工厂去要枪械！革命的士兵群众们！与民众联合一起！将缴到敌人的枪械分给工人义勇军纠察队！把子弹向着帝国主义国民党开放，派代表到工人学生的革命组织中去。一切劳苦群众！革命的学生，巡捕，在无产阶级领导之下组织起来！武装起来！与帝国主义和国民党进行坚决的争斗！

　　在中国共产党的号召下，"一·二八"事变发生后的两三天内，数以千计的上海青年踊跃参加义勇军。有的青年咬破手指写下血书，以表示抗日的坚强决心。这些青年参加义勇军后，立刻调到前线，积极配合第十九路军的抗日作战。还有部分青年抢送伤员，递送

民众呼吁抗日

情报，运送弹药物资，积极支援抗战。

上海工人所组成的义勇军表现的更加英勇。他们通过上海民众反日救国联合会（简称"民反会"——编者注），卓有成效地组织工人的反日斗争。他们甚至利用菜刀、斧头参加作战。为了配合第十九路军作战，"民反会"成立了义勇军委员会，受"民反会"党团和中共中央军委直接领导。义勇军委员会设总部于新闸路。

为便于同第十九路军接洽，工人义勇军委员会于1月31日在宝兴路第十九路军司令部隔壁设立前方办事处，并在各区相应设立了区办事处。工人义勇军有两千多人，其中主要是闸北、沪西、沪东、浦东4个区的受中国共产党影响较大的工人。工人义勇军为适应前线需要，编成救护队、担架队、运输队、募捐队、宣传慰劳队，赴前线支援第十九路军抗日。

在战斗中，工人担架队冒着枪林弹雨进入战区，为伤员包扎治疗，把重伤员抬下火线，及时送到后方医院。运输队将各种食物、武器弹药和其他军用物资及时运到前线。宣传队积极深入到军队和市民中，开展抗日宣传鼓动工作。工人组成的地雷队在前线埋设地雷，杀伤很多日军，给日军以非常大的威胁。

在配合第十九路军作战中，沪东工人组织了1支

300余人的义勇军，在江湾附近协助第十九路军阻击日军的进攻，取得了战斗的胜利。特别是京沪、沪杭甬铁路工人，做出了突出贡献。天通庵站、北站、真如车站都是日军轰炸的目标。铁路工人为了确保军需物资的供给和前方交通畅通，冒着生命危险坚持开车，不少铁路工人以身殉职。

上海工人除了组织义勇军直接参加前线作战之外，还积极参加支援前线的各种工作。兵工厂工人日夜赶制军火，以保证前线战斗的需要。前线作战部队需要许多手榴弹。于是，上海总工会动员募集数万只空烟罐，赶制成"土炸弹"，运送前线使用。

2月初，日军进攻吴淞要塞，运用飞机和舰艇轮番轰击。在这种情况下，守军受到严重威胁。上海工人及时送来五六百块大钢板，供部队构筑掩蔽部。这一帮助非常及时，减少了战士们的伤亡。只要是前线迫切需要的东西，诸如交通工具、通讯器材、建筑物资、医药用品等，工人们都通过各种社会组织开展募集工作，以保证供应。

上海工人还大力开展罢工、罢市的反日斗争和宣传抗日救亡的运动。"一·二八"事变发生后的第二天，上海总工会下令总罢工。于是，上海工界除了水电、交通工人之外，其他工人都参加了总罢工。在小沙渡、杨树浦等工人集中的地区，工人们举行了声势浩大的集会和示威，进行各种抗日救亡宣传。上海54家日本工厂的六七万中国工人在举行罢工之后，又全体自动退出工厂。

沪西区的十几家日本工厂的中国工人还成立了沪西反日罢工委员会，组织武装纠察队，封锁日本工厂，检查日货，监视奸商，严厉禁止把粮食等物资卖给日商和日本侵略军，沪东码头工人拒绝为日军卸运军火，驳船工人拒绝为日军运送军需。上海电讯工人和铁路工人破坏日军通讯联络设备和交通运输，使日军的通信联络和物资供应中断。

耶松、瑞镕两家船厂的工人坚决不修理日船。一些在日本商店、机关做事的中国店员、佣人也纷纷辞退工作，不再为日本人干事。

第十九路军的抵抗除得到上海工人的直接援助外，还得到了全国各地工人的支援。工人们虽然生活困苦，但仍挤出有限的生活费踊跃捐献。如广州南强橡胶厂职工自动集款1 000元；厦门工人捐献300多元；重庆民生机器厂全体工人自动捐薪500元；枣庄中兴煤矿工人捐款6 000元；沪杭甬、沪宁路铁路工人每月从工资中拿出一点捐献，共捐款1万元，卫生衣1 200件；正太路同人救国会捐款1 000元；津浦路职员每人每月捐两天的工资、工人每人每月捐一天的工资，慰劳上海抗日将士。

各省市工人除了物质援助外，还纷纷发表通电，上请愿书，声讨日军暴行，敦促政府抗战，声援第十九路军的爱国行动。

除广大工人积极支援抗日外，商人、市民也组成义勇军，积极支援前线作战。上海商会会长王晓籁于2月5日到真如第十九路军总指挥部，带去两百多名童子军，交由第十九路军指挥。这些童子军在作战的时候始终和部队在一起坚持工作。直到后来第十九路军在苏州举行追悼会之后，这些童子军才解散回到上海重新上学。其中，很多人都在支前中壮烈牺牲。

除此之外，上海的妇女也积极参加支援抗日斗争。1932年1月，在中国共产党的领导下，妇女界在上海成立了中国妇女反日救国同盟。反日救国大同盟为了适应形势的需要，在各区成立了6个分盟，积极领导支援前线的工作，并广泛进行抗日宣传。

反日救国大同盟发表的《慰问十九路军士兵书》、《为帝国主义侵占上海告劳动妇女书》中指出，残酷的侵略战争毁灭了无数被压迫者的生命，使劳动妇女日夜漂流在街头路旁，成为寻夫哭子的游魂，任枪弹炮火炸伤。帝国主义者及其走狗将劳动妇女陷入更悲惨的人间地狱，并号召全体劳动妇女投入反帝斗争中去，与卖国政府作斗争，建立民众政权。

妇女们还编印《反日妇女》三日刊，广泛进行爱国宣传，并组织慰劳救护队，到前方慰问救护伤员。闸北分盟的妇女和丝厂女工勇敢地在枪林弹雨中爬到前线，抬回在战斗中受伤的士兵。她们向第十九路军的将士们表示："我们是不怕一切的，为了要打倒帝国主义及其走狗，我们永远地和你们携手前进，一直到最后的胜利。"

女青年会和女工夜校的妇女们不顾疲劳，日夜为前线部队赶制军服，有的人连续3昼夜没有睡过觉。

遭受战祸的难民们更是积极支援抗日战争。青壮年纷纷参加义勇军，或到前线参加作战，或在后方参加战勤工作，其他难民也积极为部队送水送饭。

市郊农民都积极行动起来了，他们帮助第十九路军挖战壕，筑工事，侦察敌情，有的加入义勇军，到前线参加作战。吴淞、真如等地的农民，筹集大批米面、蔬菜、鸡蛋等慰劳前线部队。前线战士每天的两顿伙食也都由郊区人民分区炊制和运送。

上海市广大人民在1个多月的战争中经受了严峻的考验。他们积极支援第十九路军的抗战，利用各种方式进行对敌斗争，在斗争中涌现出非常多的英雄人物。

　　抗战期间，全国各界知名人士对第十九路军的作战也给予了大力支援。淞沪抗战爆发后，宋庆龄、何香凝、冯玉祥等国民党左派领袖和上层爱国人士都热情支持第十九路军积极抗日。

　　日本帝国主义的军事进攻和蒋介石的妥协政策，引起了全国人民的强烈反对，从而也促使国民党内部分裂。国民党左派和上层爱国人士对蒋介石对日妥协非常不满，坚决主张对日抗战，积极支援全国爱国救亡运动。

　　淞沪抗战爆发之后，上海军民捷报频传，冯玉祥称赞第十九路军的将士们是抗日的先锋队。冯玉祥还大声疾呼，国民政府应当尽量接济并且赶快派遣军队前往应战，以增强中国的战斗力，而给骄妄的日军以当头一棒。冯玉祥多次向蒋介石、汪精卫陈述支援第十九路军抗日的意见，并联合一些主张抗日的国民党上层人士提出"请政府增

冯玉祥

兵案"。

为呼吁国民党增兵抗日，冯玉祥与李济深等为淞沪抗战问题致电国民党留上海的中央执行委员，要求国民党中央执行委员"以最大之决心，共谋长期之抵抗"。

他们还呼吁社会各界，希望社会各界在军事、财力以及道义上给抗日以大力支援，以保证淞沪抗战能否坚持下去，由此打开中国抗战的新局面。冯玉祥还恳切表示："我虽有病，亦愿抬榇前方，指挥作战，遂我抗敌救国之志，以抒此心中不平之气也"。可惜，由于国民党无意抗日，冯玉祥的这一愿望并没有实现。

何香凝深为第十九路军的爱国精神所感动。在战火纷飞中，她们亲自到前线慰劳抗日将士，并发动妇女创办了一些伤兵医院。

何香凝一向非常关心祖国领土的完整，为此倾注很多心血。同时，何香凝也对蒋介石的"不抵抗"政策极为愤慨。早在九一八事变发生时，何香凝就对蒋介石的绝对"不抵抗"深感耻辱和悲痛。

一次，何香凝取出自己的裙子，并在上面赋诗一首，派人送给蒋介石。何香凝在诗中写道："枉自称男儿，甘受敌人气，不战送山河，万世同羞耻。吾侪妇女们，愿往沙场死，将我巾帼裳，换你征衣去。"

威震黄浦江畔 高奏抗日壮歌

——一·二八淞沪抗战

"一·二八"事变发生后，1月29日，何香凝和医生、护士、慈善团体负责人、工商界知名人士召开爱国妇女会，决定组织妇女慰劳队、救护队、难民救济队。

何香凝还决定开办护士训练班，并在新闸路海关监督公署成立办事处。何香凝动员女作家陆晶清、刘薇静及第十九路军将领陈铭枢、蔡廷锴、蒋光鼐等人的夫人参加办事处的工作。她本人也亲自参加分配食品工作。

1月30日，宋庆龄、何香凝等一起赶往真如第十九路军前线指挥部慰问。当数辆满载慰问品及妇女慰劳队女救护队员的汽车从何香凝住宅开出时，行人不禁热泪盈眶。沿途，深受感动的群众将慰劳品交给女队员，请她们转交第十九路军将士们。

070

宋庆龄、何香凝还亲自到前线，当她们亲眼看到抗日部队缺医少药，伤员得不到护理的情况后，便一起筹划创办国民伤兵医院的事。在杨杏佛等人的竭力相助下，她们终于创办了伤兵医院，救护治疗为中国苦战的伤兵。她们还设法予以精神上的安慰与鼓励。宋庆龄还亲自罩着白色护士服，亲自为战争中受伤的战士服务。

在抗日前线，宋庆龄在炮声隆隆的阵地上对抗日健儿发表讲话。宋庆龄说，第十九路军抗战的枪声一打响，海内外男女老幼都觉得出了一口气。宋庆龄表示，亿万同胞将会积极声援第十九路军，也会大力支援第十九路军抗战。宋庆龄在与蔡廷锴亲切交谈的过程中，一再勉励第十九路军将士奋勇杀敌。

何香凝在一次亲自到前线慰问中，正好遇上下雪。她看到广大官兵只穿单、夹衣各一套，便立即回到上海市区发动捐制棉衣运动，5天之内就赶制了3万多套全新棉服运往前线，供将士们御寒。

为了促使蒋介石增兵支援第十九路军，何香凝曾同陈铭枢、蒋光鼐一起到南京。蒋介石为他们设宴，并不住地给何香凝夹菜，但却闭口不提援兵一事。何香凝未动一饭一菜，愤然返回上海。

2月12日，宋庆龄赶到吴淞前线，向战士们致意。宋庆龄鼓励翁照垣，"守吴淞之功极伟，而尤望继续奋斗，不使中国有一寸土地人于敌人之手"。翁照垣当即代表所部官兵表示："以卫士的责任，绝不给日军越雷池一步的机会"。

在前线巡视中，宋庆龄还手捧一枚炮弹，在战区的断垣残壁前留影，以表示她与第十九路军一道抗战到底的决心。这一照片载入中华民族反击侵略者的光荣史册。

威震黄浦江畔 高奏抗日壮歌

宋庆龄身穿护士服为战士服务

宋庆龄在国民伤兵医院回答记者的提问时，谈到了她本人对抗日的看法。

宋庆龄说道："对于抗日战争，当然主张积极抵抗到底。""人类唯有从奋斗中求生存"。"今十九路军于苦战一个月后，犹能继续抵抗，中国不特未因抵抗而亡，反因抵抗而益坚国民牺牲奋斗之志。""今之自命聪明不顾民意者，每以强弱成败，自文其不抵抗之过，不知惟真绝顶聪明之人，乃能从死中求生，险里求安。"

宋庆龄、何香凝等为了挽救民族危亡，呕心沥血，投身于火热的抗日斗争的实际行动，极大地鼓舞了抗日军民的战斗勇气和胜利信心。对宋庆龄多次慰问抗日将士的义举，宋庆龄基金会后来在《在狂风暴雨中巍然屹立——1931—1937年宋庆龄在上海》一文中记载：

1932年1月28日，日本侵略军继"九一八"后又向上海大举进攻，挑起了"一二八"事变。驻防上海的十九路军蒋光鼐、蔡廷锴部不屈从于国民党政府的不抵抗政策，奋起抗击来犯之敌。他们得到了全国人民特别是上海各阶层群众的热烈拥护和积极支持。宋庆龄对于十九路军的奋起抗战不仅给予了极高的评价，还全力支持英勇的军队。淞沪战争的第二天，她就和

威震黄浦江畔　高奏抗日壮歌

——一·二八淞沪抗战

亲密的战友何香凝商量支援问题。第三天，她们就带着满卡车的慰劳品，冒着枪林弹雨到前线，慰问抗击日寇的将士。之后，她又两次前往巡视前沿阵地，给正在浴血奋战中的官兵们极大的鼓舞。她们看到作战中的官兵衣着单薄，便立即发起在上海市民中筹款并发动群众缝制棉衣。她们还和史量才、杨杏佛等一起动员各方面的力量，筹建伤兵医院……宋庆龄不畏艰险，坚决支持十九路军抗战的行动，获得了国内外人们的高度赞扬和崇敬。有个美国记者称她是"一位敢死之救国女杰"。

第十九路军给侵华日军以迎头痛击，一洗"九一八事变"后蒋介石妥协退让给中华民族带来的耻辱。广大华侨在"遥听捷音，欣慰莫名"之时，积极支援第十九路军的抗战。

国民党元老黄兴的女儿黄澄华，卖掉自己的首饰，将所得的资款全部捐献给祖国抗日之用。黄澄华表示："倘外侮日亟，余将回国服务，虽死不辞"。

据估计，蔡廷锴部所统计，在淞沪抗战期间，第十九路军总收捐款1068万元，其中有四分之三的款项为华侨所捐。实际上，海外侨胞的捐款数额远远不止于此。

由于国民政府并不支持第十九路军的抗日义举，

许多华侨捐款被无理扣留，真正到达抗日将士手中的款项并不多。美国侨领司徒美堂曾对此作过估计，认为第十九路军官兵收到的约50万美元的美国华侨捐款，仅为实际捐出的二十分之一。

华侨积极支援淞沪抗战还表现在一些华侨踊跃归国参战上。除日本的中国留学生纷纷汇集至中国驻日公使馆，强烈要求回国参军报国外，在新加坡，同德书报社开设救伤训练班，培育救护人员回国服务，受训者达两百余人。另外，在新加坡的西医也自愿回国服务。美国哥伦比亚大学的50名中国留学生于2月4日急电国民政府，要求允许他们离校回国从戎。

华侨抗日锄奸义勇军合影

新加坡华侨胡文虎，在"一·二八"战事之际，先后汇款3万元和大量药品支援前线。蔡廷锴题词答谢："永安堂主人胡文虎，热心救国，仁术济人，……本军在沪抗日，胡君援助最力，急难同仇，令人感奋。"

正在上海养病的新加坡华侨林义顺向新加坡连发10份电报，呼吁华侨奋起救国。当时誉称棋王的谢侠逊，立即以实际行动周游南洋举行棋赛，募捐款项，支援十九路军抗战。

华侨除了输财支援外，还募集武器和军需物资支援抗敌。1932年2月3日，菲律宾华侨李清泉组织成立"困难后援会"，9月又成立"中国航空建设协会马尼拉分会"，一个月中募捐15架飞机（其中李清泉个人捐献一架）编成一个中队取名"菲律宾华侨飞机队"，赠送给上海抗日前线。菲律宾马尼拉粤籍侨胞出入口帮工界联合会和工商联合会捐献载重汽车二辆给十九路军。

美国和加拿大等国侨胞，购买大量钢盔，运回上海赠给十九路军。旧金山女侨胞组织针织团体，赶织绒衣，寄赠十九路军。

淞沪抗战爆发不久，1支由约200名华侨组成的抗日救国义勇军迅速开赴上海，编为华侨义勇军第一总队，由吴越担任总队长。设总部于西门大吉路91号。据报载："华侨义勇军与上海市民义勇军是各种义勇军中成绩最佳、最勇敢、最有功勋者。尤其是华侨义勇军，在火线上共同作战，在后方不断挖战壕，所受的痛苦亦最多。"这些华侨队员主要来自马来亚、菲律宾、荷印、缅甸、越南、日本等地。华侨义勇第一总队被编入第十九路军六十一师，战斗在闸北、江湾和吴淞一带。华侨义勇军在战场上表现极为英勇、顽强，战绩卓著。

许多华侨志士在抗战中奋勇杀敌，甚至以身殉国。旅日华侨徐香进参加抗日战斗，在为前线押送作战物资时遇日机空袭，因坚持不离职守被炸身亡。旅日华侨翁鸿兴在"九一八事变"后偕弟翁元奎一同回国参加华侨义勇队。在抗日征战中不幸染疾身亡。华侨叶公正也因参加抗日，积劳成疾而病逝。

在所有参加沪战的华侨中，归侨飞行员、军政部航空第六队副队长黄毓荃的事迹最为人称道。淞沪抗战开始后，日本空军以10倍于守军的力量对上海一带进行狂轰滥炸，但遭到中国空军及防空部队的英勇还击，双方屡次爆发空战。刚从家乡（广东台山县）度蜜月后归队，即在上海真如投入对日空战。他率领9架战机向日军机群扑去，击落敌机数架。

威震黄浦江畔 高奏抗日壮歌

2月6日，日本飞机再度轰炸真如机场，中国空军奋起迎敌。在这次空战中，年仅28岁、刚从家乡度蜜月归队的黄毓荃奋不顾身地驾驶着一架英制战斗机参加战斗。遗憾的是，当他拉起爬高时，由于飞机的操纵系统发生故障，飞机失控坠地，结果机毁人亡。

尽管黄毓荃这次未曾击落或击伤过一架日机，但他在敌强我弱的对阵中敢于出击，为国捐躯，把自己的满腔热血撒在祖国的大地上，成了中国空军为抵抗外侮而英勇献身的第一人。

淞沪抗战期间，各地华侨还大力开展国民外交活动。这一活动赢得了世界各国人民对中国人民正义之战的同情和大力支持。在旧金山，有许多美国飞行员以及机关枪手愿意来中国服役。菲律宾总督摩菲氏的大弟曾经以私人身份组织航空队，准备到中国协助作战。登报几天之后，报名飞行员已达50名。因得知上海停战，他们才停止这一义举。蔡廷锴还接到美国人士愿为中国服务的数百封函件。

尽管如此，海外侨胞通过各种形式对第十九路军的支援仍然极大地鼓舞着广大爱国官兵舍身抗日。正是有感于广大华侨的无私支援，第十九路军在撤离上海后特意制作抗日纪念章数千枚，分赠美洲等地的华侨。蒋光鼐、蔡廷锴和戴戟等3人还将其合影照片亲

广东学生义勇军高呼抗日口号，坚决要求奔赴抗日前线

自签名盖章后分送海外各地侨团，并联函致谢。海外侨胞积极支持和援助第十九路军抗战，在淞沪抗战史上留下了光辉的一页。

"一·二八"淞沪抗战的巨浪，不断地鼓舞着留居在上海的归侨以等待时机参加新四军和八路军投入抗日战争的新战场。新加坡归侨蔡烈云、黎扬和马来西亚归侨林天国等，在中共地下党组织下奔赴大江南北参加新四军对日作战。

"一·二八"事变发生后，在中国共产党的领导和号召下，世界各地、各界人民，特别是中国人民积极参加支援抗战活动。但是，由于受"左"倾教条主义领导的影响，中共临时中央在领导各界民众抗日时曾忽略了对中间势力的争取，削弱了抗日统一战线力量。在领导上海民众反日会中的党团组织曾主张把召集"工农兵代表会议"的口号改为召集"工农商学兵代表会议"的口号。但是，临时中央的领导者竟认为这个口号里有个"商"字，是向资产阶级"投降"，因而是"根本错误"的。这就否定了商界支援抗日的积极性，从而在工作过程中没有加强号召商界支援抗日的领导。

当上海抗战最激烈的时候，中共临时中央于2月28日发表告全国民众宣言，即《请看!!! 反日战争如何能够得到胜利?》。

在这一宣言中，临时中央提出了7项主张。其主要内容包括：

（一）十九路军士兵立刻不顾一切长官的命令，追击日军到租界内，消灭日军的根据地，坚决反对"退却""停战"，把上海交给任何帝国主义；

（二）民众反对国民党政府的一切压迫，自动启封一切革命团体＋大批的武装工人与一切劳苦群众，组织民众的义勇军与游击队，保护自己的革命组织，并参加前线作战；

（三）革命的士兵，立刻组织兵士委员会，直接接收与分配民众的捐款与慰劳品，监视与逮捕一切不抵抗的长官，并且加入民众的革命组织；

（四）武装的工人，农民，兵士，立刻成立革命军事委员会，领导这一民族的革命战争；

（五）革命军事委员会立刻没收一切日本帝国主义的银行，工厂，商店与交通工具，拿来作为民族革命战争的用途。并且以同样的办法对付帮助日帝国主义的其他帝国主义！

（六）革命军事委员会立刻腾出一切公共房屋给失业工人与灾民居住；没收一切日本帝国主义的建筑交给工人与灾民的组织；它从大资本家大商人大批的征发粮食与衣被，分配给失业工人与灾民；它更没收一切帝国主义走狗与投机资本家的财产；它立刻宣布八小时工作制与社会保险，改良失业工人的生活；它没收一切地主的土地分配给贫苦农民；

（七）由革命军事委员会召集工农兵以及一切劳苦民众的代表会议，它把政权交给民众自己的政府。

虽然临时中央坚持"左"倾教条主义的领导者不懂得在抗日已经开始成为中国革命的中心问题时，不管哪个阶层、派别、集团、个人，只要主张抗日，反对"不抵抗"主义，就是倾向于革命的，或者至少是有利于革命的。

尽管如此，中国共产党领导工人及各界力量积极抗日，并在多次发出的决议、告群众书中号召人民组

威震黄浦江畔　高奏抗日壮歌

织义勇军和游击队直接参加前线作战，对打击侵略者起到了不可估量的作用。特别是上海地下党组织，通过工会、学生会及其他群众组织，组成义勇军、敢死队、情报队、救援队、通讯队、运输队等，直接或间接地配合前线作战，涌现出了许多可歌可泣的动人事迹。

这些抗日活动不仅有力地打击了日本帝国主义，而且极大地鼓舞了第十九路军和广大人民的抗日热情和信心。

## 《上海停战协定》的签订

上海淞沪抗战爆发后，广大人民群众在中国共产党的号召下积极支援第十九路军抗战。而与此同时，蒋介石、汪精卫等却消极抗日，积极妥协，勾结日本帝国主义。

1932年1月中下旬，蒋介石、汪精卫相互勾结，组成"合作政府"，汪精卫主持政务，应付对日外交，蒋介石主持军事，负责全力"剿共"。

蒋介石、汪精卫执政后，极力反对对日绝交。他们甚至攻击孙科政府主张的对日"积极抵抗"和"和平绝交"政策。2月13日，汪精卫正式发表"一面抵

签订《上海停战协定》，日本军队获得长期驻留上海的特权。图为谈判会场。

抗，一面交涉"的对日主张。

4月10日，汪精卫在"国难会议大会"补充报告中对"一面抵抗，一面交涉"的对日外交方针具体解释说，国民政府"并没有签订丧权辱国的条约"，所以一面"抵抗"，一面交涉。

汪精卫还说，军事上抵抗，外交上交涉，既不失领土，也不丧主权，但在最低限度以下时中国"决不让步"，在最低限度以上时也不"故作强硬"。这是中国军民"共赴国难"的方法。

汪精卫反复强调了以"最低限度"为分界线的两面政策，充分说明了国民政府已经决定接受不平等条约。但是，这种不平等条约的最低限度如何并没有严格的规定，这就为"一面抵抗，一面交涉"付诸行动提供了非常大的伸缩性。

威震黄浦江畔　高奏抗日壮歌

汪精卫极力主张对日本退让。汪精卫的所谓"抵抗"是非常有限的，其目的只是想先"抵抗"一阵子，尔后再订约。这样一来，既可以应付全国舆论，又可以避免违背"攘外必先安内"的政策。汪精卫"一面抵抗，一面交涉"对日方针的实质，只不过是把国民政府一直推行的妥协外交政策变换了一种说法而已。

与此同时，军权在握的蒋介石却提出"一面预备交涉，一面积极抵抗"。在方法上，蒋介石在交涉开始以前先同国联和九国公约国接洽，以得悉所谓的日本帝国主义的"最大限度"。

在程度上，蒋介石提出"不要妨碍"行政与领土完整，也就是"不损害"九国公约的精神与"不丧失"国权，如果超此限度，退让到不能忍受的防线就与日本决战。

因此，在第十九路军奋起抵抗后，国民政府对淞沪抗战采取了两面政策。一方面，国民党为了其本身的利益以及应付全国舆论，采取了一些表示抵抗的措施。另一方面，蒋介石为了谋求对日妥协，实现与日本的交涉，尽快结束淞沪战争，又不惜以釜底抽薪的手段，暗中阻挠和破坏淞沪抗战。

由于日军侵略上海损害了蒋介石集团的利益，以及迫于全国各界抗战的强烈要求，国民政府也采取了几项"抵抗"措施：国民政府首先迁都洛阳，为抗日做准备；组织军事委员会，主持对日军事；制定了全国防卫计划；组调第五军增援淞沪抗战。

为应付全国要求抗日的舆论，国民政府还提出切实施行军事委员会所订全国防卫计划和全国军队应以国防为主要目的，"剿匪"为副目的的主张。

但是，蒋介石和国民政府并无抗战的决心，高喊所谓"抵抗"也多停留在口头上，并不付出实际行动。而且，蒋介石和汪精卫以及国民政府在高喊"抵抗"的同时，却念念不忘与日本的"交涉"。

第十九路军孤军奋战，请求增援，国民党军中一些爱国将领要求支援第十九路军抗战。但是，国民党却置之不理。军政部还称第十九路军有3个师16个团，没有必要援助。军政部下令给各军将士，没有军政部的命令而自由行动，"虽意出爱国，亦须受抗命处分"。

有些名义上是派出的支援部队，但是多以有"困难"为借口，根本不让开赴前线。国民政府不仅不调兵增援，反而下令不准海军、空军配合第十九路军作战。

第十九路军孤军苦战，为国家为民族不惜流血牺牲。他们理应得到政府优先的财力、物力支持和武器弹药、军需物资的供应补充。然而，实际情况刚好相

抗日亭

反。对此，蒋光鼐、蔡廷锴等曾经回忆说：

国民政府借口国难严重税收减少而停止发饷（实际上蒋介石的嫡系部队从未欠发），截至1932年5月底，军政部欠发第十九路军的军饷达8个月600余万元之巨。淞沪抗战开始后，海外同胞捐给第十九路军的款项，约有700余万元之数（当时第十九路军曾编印《征信录》分发海内外捐献者）。我军向军政部请领欠饷时，军政部竟说捐款应归公有，欠饷应在捐款中扣除，所余之数应上缴。

第十九路军对日苦战一月有余，最终被迫撤退。其主要原因是国民政府顽固坚持其"攘外必先安内"和"对日妥协、不抵抗"政策所致。

国民党有200多万军队。但是，可调之兵大部分都被蒋介石用来打内战了，以致造成京畿地区抵御外侮的防务单薄。淞沪抗战爆发后，蒋介石和汪精卫不肯调派正在"剿共"的嫡系精锐部队支援上海。在整个淞沪抗战期间，除了第五军到达上海英勇参加作战外，再没有其他援军到达上海参战。

国民党任凭第十九路军孤军苦战，而不给予应有的增援、接济和补充，坐视其损耗、削弱，最后被迫撤退。震惊中外的淞沪抗战最终被国民政府的"攘外必先安内"及对日妥协政策所断送。

"一·二八"事变发生以后，国民政府虽然口头上宣布了"一面抵抗，一面交涉"的对日政策，但是实际上主要是谋求对日妥协。因此，国民党在军事上消极对待第十九路军抗战的同时，在外交上采取依靠国联和英、美、法等国调停的政策。

"一·二八"事变发生后，国民党外交部发表《对淞沪事变宣言》，希望国联出面解决日军进攻上海的问题。1月30日，国民党外交部照会国联及九国公约签字国驻华公使，希望他们严正制止日本帝国主义

蒋光鼐墓

的侵略行径。

国民党外交部还多次与各国驻华公使接洽，并电邀英、美各国公使到南京会商解决中日事件。帝国主义在上海有着重大的经济利益。而日军进攻上海直接威胁各帝国主义国家的利益，因而各帝国主义国家对此极为关心。

事变发生的第二天，驻上海的英、美领事出面调停，并袒护日本，不顾日军侵略中国的事实，提出各自退让和建立缓冲区的解决方案。但这一意见遭到日方拒绝。

2月2日，英、美、法、意、德5国先后照会中、日两国，并提出设立"中立区"，立即停止暴力行为的提案。这一提案貌似"公正"，实际上是企图把日本帝国主义未能夺去的中国上海变为国际帝国主义共管的"中立区"。

抱定对日妥协的国民政府对于这一损害中国领土主权的提议却表示完全同意。然而，日本却提出划出宽15至20公里的不驻兵区，以此对抗英、美等国共管上海的计划。帝国主义的协商未能奏效。

国民政府不顾第十九路军取得的胜利，急于谋求妥协性的停战谈判。2月8日，何应钦致电国民党中央执行委员宋子文、张静江、张群、孔祥熙及吴铁城等，要求他们"商在沪诸外委，从速设法，先求停止战争，至于整个问题，则待外交正式之解决"。

与此同时，蒋介石在浦口召见何应钦、罗文干、陈铭枢等，要求第十九路军保持胜利后应立即进行停战，转入外交途径办理。

于是，何应钦即指派人与美、英、日等领事磋商，并直接与上海日军洽商停战事宜。在谈判中，由于日本态度强硬，坚持要中国军队先撤，谈判于2月18日破裂。与此同时，国联各会员国向日本政府发出呼吁，要求日本政府注意盟约。这是国联第一次单独对日本发出呼吁。国联唯恐这一举动引起日本的反感，专门声明这个呼吁不是对日本的谴责。

实际上，事实也正是如此，侵略者不是受到谴责，而是得到纵容。当日，日军向第十九路军发出强硬横蛮的最后通牒。于是，国联决定将上海问题提交于3月3日召开的国联大会讨论。

在此情况下，日本内阁考虑到一意坚持将使日本在国际上更加孤立，因此在战况有利的情况下要迅速结束战争，而不宜导致中日全面战争。2月23日，日本内阁决定将战线限制在上海附近。

2月25日，中国守军粉碎了日军的总攻计划，迫使日本不得不同意停战谈判。2月28日，经英、美、法3，国公使接洽，第十九路军参谋长黄强等同日本方面的野村吉三郎等举行了会晤，对停战问题作私人谈话，并达成"停战协商解决"等部分一致意见。

2月29日，国联行政院建议在上海组织圆桌会议，解决上海问题。但此时日军在上海作战中并未占优势，日本不愿以战败者身份签字。所以，日军在第十一师团抵达上海后，再次发起全线进攻。3月1日，日军第十一师团在浏河登陆，中国守军被迫退守第二道防线。日军在侵占嘉一、南翔等地后，才下令停止战斗，并发表停战声明。

3月3日，国联召开大会，商讨上海停战工作。中国代表颜惠庆在会议上要求国联大会制止日军在中国领土内的一切敌对行动，并使日军撤退，然后以和平的方法解决中、日间一切争端。

会议第二天，国联大会作出决议：立即采取必要的方法使两军停战；协商解决办法；日军撤退；随时以磋商形式向大会报告。

3月11日，国联举行大会，根据中国政府对国联提出的申请及国联的决议，决定组织由19个会员组成的委员会，以国联大会主席为委员会主席，从速调查关于停止战事、缔结协定及规定日军撤退等各事项。

3月14日，国联调查团抵达上海，开始就有关问题进行调查。3月24日，中日双方举行正式会议，英美等国公使出席会议。

在谈判中，日方在日军撤退的时间、区域和中国驻军的区域问题上一再纠缠不休。此后，中日双方虽经过多次谈判，都没有结果。

4月9日，中国单方面决定将停战问题提交国联十九会员委员会解决。4月30日，国联大会通过了《中日停战协定决议（草案）》，并且建议双方恢复谈判，以尽快完成停战协定。在英国公使及国联十九会员委员会的斡旋下，停战谈判会议重开。

5月5日，中日双方代表在上海英国领事馆签订了

《上海停战协定》。《上海停战协定》规定，中国军队只能驻留在苏州、昆山一带，不能进驻上海，但日军若干部队可暂时驻扎在上述各区毗邻之地。除正式协定外，《上海停战协定》还有三项谅解：中国取缔抗日团体；第十九路军换防；中国不得在浦东及苏州河南岸驻兵。

《上海停战协定》是国民政府对日妥协、退让的产物。国民政府不敢追究日本进犯上海的侵略罪责，并要求其赔偿损失，反而丧失了中国军队在自己的领土上海及其周围的驻军权。这无疑纵容日本帝国主义在上海的势力得到空前扩张。

根据《协定》的内容，中国实际上承认日军可以长期留驻吴淞、闸北、江湾以及引翔港等地，而中国军队却不能在上海周围驻扎设防。其中很多规定，日军都可以任意进行解释。《协定》还规定在"共同委员会"的名义下，把从长江沿岸福山到太仓、安亭及白鹤江起直到苏州河止的广大地区划给日本以及美国、英国、法国、意大利等帝国主义共管。

《协定》中"关于停战情形遇有疑问发生时由与会友邦代表查明之"的规定，表面上好像对中日双方不偏不倚，但实际上却规定中国方面没有权力参与解释在中国领土上实行停战时发生的疑问。

《协定》露骨地出卖了国家主权。会议所达成的三项谅解以后证明都变成了事实。除此之外，在淞沪战争期间，日本还利用国际视线集中于上海的时机，推出了其一手制造的伪"满洲国"计划，部分地达到了原定的目的。

## 全国人民反对退让政策

国民政府的对日屈膝退让政策遭到了全国人民的强烈反对。在英国、美国驻华领事提出中国守军由现驻防地退出2000米时，中华苏维埃共和国临时中央政府发表了《中华苏维埃共和国临时中央政府宣布对日战争宣言》，以铁的事实揭露了国民政府的对外妥协投降，对内镇压人民爱国运动的行径。《宣言》指出：

反动的国民党政府与其各派军阀，本其投降帝国主义的惯技，接连的将东三省和淞沪各地奉送于日本帝国主义，任其随意屠杀中国人民，现更已（借）和平谈判，实行出卖整个中国，促进各帝国主义迅速瓜分中国。对于全国反日反帝的革命运动，则尽其压迫之所能，解散反日团体，压迫反日罢工，屠杀反日群众，强迫自动对日作战之淞沪兵士和民众的义勇军撤退，用机枪扫射抗拒撤退命令之十九路军的英勇兵士，以表示其对于帝国主义的忠诚。国民党政府及其各派军阀，他们不但不能而且早已不愿真正反对日本帝国主义实行民族革命战争，他们只能倚靠某一派帝国主义反对另一派帝国主义，企图挑起世界大战，以便帝国主义强盗在大战中来解决瓜分中国问题。

为此，中华苏维埃政府在《宣言》中正式宣布，中华苏维埃共和国临时中央政府将发动对日战争，领导全中国工农红军和广大被压迫民众，以民族革命战争的形式，将日本帝国主义逐出中国。

中华苏维埃共和国临时中央政府号召白色统治区域的工人、农民、士兵、学生及一切劳苦民众行动起来，组织民众抗日义勇军，夺取国民党军阀的武装来武装自己，直接对日作战。

《宣言》指出，要认识到只有苏维埃政府，才能真正领导全国的民族革命战争，直接对日作战，反对帝国主义瓜分中国；只有中国工农红军才是真正实行民族革命战争的民众武装；只有全世界的无产阶级被压迫民族和苏联，才是真正能联合一切反对帝国主义的国际力量。

苏维埃临时中央政府号召全国工农及一切劳苦群众在苏维埃的红旗之下，一致起来积极参加和进行革命战争，推翻反动的国民党在全中国的统治，建立全中国民众的苏维埃政权，成立工农红军，联合全世界的无产阶级被压迫民族与苏联来实现民族革命战争的胜利，赢得中华民族真正的独立与解放。

同在4月15日，中华苏维埃共和国临时中央政府还发出了《中华苏维埃共和国临时中央政府为对日宣战向全世界无产阶级和被压迫民族宣言》，正式宣布对日作战。

同时，毛泽东以中华苏维埃共和国临时中央政府主席的名义于同一天签署《中华苏维埃共和国临时中央政府关于动员对日宣战的训令》，郑重声明："要不是国民党军阀的进攻，苏区工农劳苦群众与红军早已与抗日的英勇士兵和义勇军站在一起直接对日作战了。"

针对国民党接受丧权辱国的《上海停战协定》，5月9日，中华苏维埃共和国临时中央政府发出《中华苏维埃共和国临时中央政府反对国民党出卖淞沪协定通电》。《通电》指出：

反革命的国民党政府的投降帝国主义与出卖民族利益是更加无耻与露骨的在进行。5月5日国民政府与日本及一切帝国主义签订所谓停战协定，这个协定是完完全全的出卖中国无产阶级的中心的上海，在协定中允许日本长期屯集上海无数的海陆空军，而上海的

周围永远不驻中国军队，实际上，这是无限的扩大了上海的租界区域，这是实现将上海变为国际共管的自由市的具体的步骤。这种无耻的投降与公开的卖国，更明白的揭露了国民党政府是帝国主义瓜分中国的内奸，帝国主义侵略中国的清道夫。而同时国民党政府在帝国主义指挥之下，集中一切力量来进攻早已得到了解放与脱离帝国主义羁绊的苏区与企图妨碍阻止工农红军的反帝国主义民族革命战争的进行，在上海谈判与协定签订中间更明白的揭露了国际联盟是瓜分中国的组织者，而一切帝国主义者都同样是日本帝国主义的助手与瓜分中国的发起人。

中华苏维埃临时中央政府在《通电》中向全中国

人民宣告，中华苏维埃共和国临时中央政府"代表全国的劳苦群众否认反革命的国民党政府与日本及一切帝国主义的谈判与密约，否认五月五日卖国的国民党政府签订的停战协定；号召全中国的劳苦群众坚决的起来进行革命的民族战争，反对日本帝国主义与一切帝国主义，反对帝国主义的走狗与清道夫——国民党政府，来保卫中国的领土的完整，来求得中国完全的独立与解放。"

苏维埃中央临时政府号召全中国劳动群众武装起来，拥护中国工农红军的革命；推翻国民党反革命政府，在苏维埃旗帜之下，为中华民族的解放与独立自由的苏维埃中国而进行坚决的、彻底的民族革命战争。

其实，自国民政府与日本停战谈判一开始，全国人民就一致强烈反对。特别是上海人民，在淞沪抗战一个多月的时间里与第十九路军并肩作战。第十九路军被迫撤退之后，他们仍然继续与日本帝国主义的侵略和国民党的妥协投降作斗争。

1932年5月，上海各团体抗日联合会通电全国，坚决反对出卖上海的《上海停战协定》。上海各团体还紧急召开会议，议决发动罢工、罢课、罢市，组织游行示威等活动，反对国民政府撤兵。

上海抗日救国团体代表40多人，还一起拥入郭泰祺的住宅，痛殴经手谈判的郭泰祺。他们还警告这些对外投降的卖国贼。

《上海停战协定》签订的消息一经传出，全国舆论沸腾，纷纷谴责国民政府。民众团体联合会通电坚决反对这项屈辱的《协定》，称它"限制华军，破坏主权完整"等。甚至国民党的立法委员也向汪精卫提出质疑，认为背后还有出卖国家主权的密约。

力主抗日的冯玉祥病卧徐州，当得知签订丧权辱国的《协定》后，冯玉祥气愤地说："丧权辱国之事我必反对！坚决的反对！即或病愈，亦不到南京去！"

另外，国民党人士萧佛成、李宗仁、陈济棠也通电汪精卫、蒋介石，反对《上海停战协定》。5月21日，国民党监察院院长于右任以《上海停战协定》没有送立法院审议即擅行签订为由，要求国民党中央监委弹劾行政院院长汪精卫。

《上海停战协定》的签订标志着淞沪抗战的正式结束。淞沪抗战虽然由于国民政府的阻挠破坏以及对日本妥协而导致失败，但是仍然具有积极的历史意义。在抗战中，第十九路军和第五军的广大官兵表现出了高度的抗日爱国热情和英勇牺牲精神。上海广大群众和全国人民在中国共产党的号召和影响下，给予第十九路军极大的支援。中国军民奋起进行淞沪抗战在中国的抗日战争史上写下了光辉的篇章。

不久，十九路军进一步受到蒋介石的排挤压迫，1932年秋被调往福建。1933年11月，李济深、蒋光鼐、蔡廷锴等以十九路军为基干，在福州成立了"福建人民政府"，与红军达成协议，公然树起抗日反蒋的旗帜。不过由于种种原因，"福建人民政府"仅仅存在了两个月，即遭失败。对此，周恩来有过公正的评价：十九路军对中国人民做过两件大好事，一是在上海抗日，二是在福建反蒋；这是"有益于革命的行动"。

十九路军烈士陵园

威震黄浦江畔 高奏抗日壮歌

——一·二八淞沪抗战

中华魂·百部爱国故事丛书
# 提　要

### 《誓与禁烟相始终——民族英雄林则徐》

　　林则徐严禁鸦片，坚决抵抗西方列强的侵略，坚持维护国家主权和民族利益。他是中国近代历史上第一位睁眼看世界的人，是抗击帝国主义殖民侵略的第一人，是中华民族抵御外侮过程中伟大的民族英雄。

### 《血洒虎门御敌寇——抗英将军关天培》

　　民族英雄关天培，在第一次鸦片战争中为了抗击英国侵略者的入侵而血洒虎门，为国捐躯，谱写了一曲可歌可泣的英雄赞歌。关天培用他的生命，书写了中国人民反抗外侮的历史。

100

### 《威震镇海靖节魂——抗敌英雄裕谦》

　　在第一次鸦片战争期间的众多牺牲者中，有一位官阶最高，他就是两江总督裕谦。裕谦与外国侵略者斗争立场坚定，与国内妥协派、投降派斗争态度坚决。裕谦督战镇海，与英国侵略军浴血奋战，临危不惧，以身报国，浩气长存。

### 《斩邪留正解民悬——太平天国领袖洪秀全》

　　农民出身的洪秀全，从失意文人到起义领袖，经历了长期的思想演变过程，在外敌入侵、清朝政府腐朽的历史环境之下，顺应时代的潮流，成长为一位非凡的历史英雄人物，建立了与清朝政府相抗衡的农民政权——太平天国。

## 《仰承汉唐　荟萃中外——近代数学家李善兰》

李善兰是我国19世纪重要的科学家之一，在数学、天文学、力学等方面都有重大建树。他继承了我国古代数学的成就，又以极大的热情传播西方科学文化，"仰承汉唐，荟萃中外"，把自己的一生献给了科学事业。

## 《严谨治学　勇于探索——近代著名数学家华蘅芳》

华蘅芳，中国近代数学家之一。其精通中国古算学，并熟练掌握西方近代数学，是中国验证抛物线并著书立说的参与者。为了证明"外国有的，中国也能造"而鞠躬尽瘁，在引进西方科学技术、传播科学知识上贡献卓著。

## 《折冲樽俎护山河——近代著名外交家曾纪泽》

曾纪泽是中国近代史上著名的爱国外交家，在中俄伊犁交涉事件中，他秉承抵抗列强、保卫国家的坚定意志，利用外交手段全力同沙俄抗争，捍卫了国家主权、民族尊严，收回了祖国的领土，在近代中国外交史上留下了光辉的一页。

## 《甲午海战留英名——民族英雄邓世昌》

邓世昌，北洋水师名将。本书以邓世昌的成长过程为线索，以代表性的历史故事为主要内容，还原真实的历史事件，突出鲜明的人物性格。邓世昌因在中日甲午海战中突出的英雄气概而名垂史册，书写了伟大的爱国主义篇章。

## 《誓与舰队共存亡——北洋水师提督丁汝昌》

丁汝昌处在清朝政府的腐朽和李鸿章的专断下，难以施展爱国的抱负，壮志未酬，愤恨而终。但丁汝昌为建立近代海军作出的巨大贡献，带领北洋舰队爱国官兵勇抗强敌的英雄事迹，将永远为后代所传颂。

## 《镇南关上凯歌扬——抗法老英雄冯子材》

1885年中法战争中，年逾古稀的冯子材为抵御外国侵略，勇赴国

威震黄浦江畔　高奏抗日壮歌

难，大败法军于镇南关，并乘胜追击，接连收复文渊、谅山等地，从根本上扭转了中法战争的局面，成为近代民族英雄的杰出代表。

### 《屡败法军逞英豪——黑旗军将领刘永福》

刘永福是黑旗军的创建者，是农民出身的杰出军事家、政治活动家。在19世纪发生的援越抗法、中法战争中，他率部与帝国主义侵略者进行了殊死的战斗，建立了卓越的功勋，成为我国近代史上著名的民族英雄，为后世所景仰。

### 《矢志变法强国家——戊戌变法领袖康有为》

康有为是清末民初最有影响力的思想家之一。他领导了中国知识界的启蒙运动，掀起了一场自上而下的政体改革。他最早在中国提出了立宪政体和具体的宪政方案，主张在坚持儒家传统和帝制的前提下，学习西方经验，他的进步思想对近代中国具有深远的影响。

### 《开民智以报国　普新知而图强——戊戌变法思想家梁启超》

梁启超，中国近代史上著名的政治活动家、启蒙思想家、史学家、文学家，戊戌变法领袖之一。本书以百日维新思想家梁启超的成长过程为线索，以代表性的历史故事为主要内容，还原真实的历史事件，突出鲜明的人物性格。

### 《我自横刀向天笑——维新志士谭嗣同》

谭嗣同在民族危机的严重时刻，投身改革救中国的洪流。为了带给祖国一个光明的未来，紧要关头，他挺身而出，用自己的鲜血激励后人，把宝贵的生命献给了变法事业。

### 《睡乡敢遣警世钟——用生命警策国人的陈天华》

陈天华是民主革命的活动家和宣传家。他写的《猛回头》《警世钟》等书，起到了革命启蒙的重大作用。为了激发留日学生的爱国情怀，他不惜投海自杀，演出了近代史上感人至深的一幕，给后人留下了难忘的印象。

### 《革命军中马前卒——民主斗士邹容》

革命乃"至尊极高，独一无二，伟大绝伦之一目的"；它是"天演之公例，世界之公理，顺乎天而应乎人"的伟大行动。因此，必须"仗义群兴革命军"。他激情高呼："革命独子万岁！中华共和国万岁！"这就是《革命军》的作者，中国近代著名资产阶级革命宣传家邹容。

## 《休言女子非英物——鉴湖女侠秋瑾》

为民族解放和妇女解放而英勇斗争的秋瑾，冲破封建礼教的思想牢笼，打碎封建精神枷锁，崇仰真理，追求光明，主张共和，坚持男女平等，最终献出了自己年轻的生命。

## 《血溅校场 杀身成仁——民主斗士徐锡麟》

本书讲述了反清志士徐锡麟弃文从武、投身反清革命事业，最终被清政府杀害的故事。出于对国家的热爱，徐锡麟献出自己的生命，他的事迹将永远激励后人深切缅怀这位民主革命的先驱。

## 《生可死耳 我志长存——献身民主的禹之谟》

禹之谟，民主革命党人，同盟会会员，近代资产阶级革命家、实业家。1886年，20岁的禹之谟"提三尺剑，挟一卷书"游历四方，研究西方社会政治学说，忧国忧民之心日趋强烈。戊戌变法失败，他丢掉改良幻想，倡革命救亡之说，走上民主革命道路。

## 《物竞天择 适者生存——资产阶级启蒙思想家严复》

严复是中国近代著名的启蒙思想家、翻译家和教育家。他长期从事教育和翻译事业，为近代中国人才培养和思想启蒙做出了重要贡献，同时他也为中国的翻译事业和中西思想文化交流做出了重要贡献。

## 《辛亥革命急先锋——资产阶级革命家黄兴》

黄兴，清末民初资产阶级革命家，中华民国开国元勋。黄兴在武昌首义及辛亥革命时期的爱国表现，与孙中山闻名于当时，常被时人以"孙黄"并称。本书以资产阶级革命活动实干家黄兴的成长过程为线索，歌颂了先辈伟大的爱国主义精神。

## 《矢志革命 百折不回——近代民主革命家廖仲恺》

廖仲恺追随孙中山踏上了创立民国与捍卫共和制的旧民主主义革命

威震黄浦江畔 高奏抗日壮歌

—一·二八淞沪抗战

之路；在新民主主义革命时期，他为建立、巩固首次国共合作和实施三大政策，英勇奋斗，为国殉职，洒尽了一腔热血。

### 《将军拔剑南天起——护国英雄蔡锷》

蔡锷是中国近代史上的杰出军事家、爱国者。他的一生短暂而伟大。辛亥革命爆发，他毅然投身于革命洪流之中，领导云南重九起义，对武昌起义积极响应。袁世凯窃国复辟、恢复帝制的阴谋暴露出来以后，他又毅然举起了武装讨袁的旗帜。

### 《反帝反封建运动——五四青年的爱国故事》

五四运动是一次伟大的反帝反封建的爱国运动；是一个伟大的历史转折点；是中国人民的斗争从挫折走向胜利的一个关节点，它为中国的前进开辟了一条全新的道路，拉开了中国新民主主义革命的序幕。

### 《思想自由　兼容并包——著名教育家蔡元培》

蔡元培是中国近现代著名的民主革命家和教育家，一生经历风雨，却始终信守爱国和民主的政治理念，致力于废除封建主义的教育制度，奠定了我国新式教育制度的基础，为我国教育、文化、科学事业的发展做出了富有开创性的贡献。

### 《为国家争光　为民族争气——中国铁路之父詹天佑》

詹天佑是我国最早的杰出铁道工程师，因主持建造京张铁路而闻名中外，被誉为"中国铁路之父"。他为祖国的铁路事业贡献了毕生的精力。本书向读者展示了詹天佑热爱祖国、科技兴国的辉煌人生。

### 《实业救国　衣被天下——轻工之父张謇》

张謇是爱国实业家、教育家。他年轻时中过状元。过了40岁，开始投身工商实业活动中，他的名言是"富民强国之本在于工"。在南通，创办大生丝厂、银行等各种实业。并将创办实业的大部分所得投入教育。他的观点是，教育和实业一样，也是"富强之大本"。

### 《心向革命　追求光明——平民将军冯玉祥》

冯玉祥将军"是一位从旧军人转变而成的坚定的民主主义战士"。

抗日战争期间，他辗转各地，用实际行动积极抗战。日本战败投降后，他为了断绝美国的援蒋内战，又在美国四处演说，揭露蒋介石统治之黑暗，痛斥美国阴谋分裂中国的不良行为。

### 《刑场上的婚礼——革命烈士周文雍　陈铁军》

周文雍是广州起义的主要领导人之一。陈铁军出身于华侨商人家庭，却毅然投身革命洪流。1928年1月，两人接受派遣，回到广州假扮夫妻从事革命斗争，却不幸被捕。临刑前，两位烈士将敌人的枪声当作自己婚礼的礼炮，用生命和爱情谱写出一曲千古绝唱。

### 《星星之火　可以燎原——井冈山斗争的故事》

1927—1929年，毛泽东、朱德等老一辈革命家，在井冈山创建了农村革命根据地，进行了艰苦卓绝的斗争，建立了新型革命武装，点燃了工农武装革命之火，找到了农村包围城市最后夺取政权的中国革命的正确道路。

### 《新民学会的主要发起人——中国共产党早期革命家蔡和森》

蔡和森青年时期曾与毛泽东等人一起组织进步团体新民学会，参加五四运动，并在赴法国勤工俭学时研读大量马克思主义著作，回国后以满腔热忱投身革命事业，成为中国共产党早期重要的理论家和宣传家。

### 《威震黄浦江畔　高奏抗日壮歌——一·二八淞沪抗战》

面对日本侵略者的挑衅，十九路军在蒋光鼐、蔡廷锴的带领下，高举义旗，奋力一搏。一·二八淞沪抗战，是中国军人捍卫军人荣誉和祖国尊严所发出的吼声，谱写了一曲抗击日军侵略的英雄壮歌。

### 《将军恨不抗日死——慷慨就义的吉鸿昌》

在国难深重的20世纪30年代，吉鸿昌将军因拒绝执行国民党指示，坚决不打内战，被迫携眷出国"考察"。回国后，他加入中国共产党，组织了民众抗日同盟军，英勇打击日本侵略者，后于1934年11月被国民党反动派杀害。

### 《献身革命 甘于清贫——梅岭忠魂方志敏》

大革命失败后，方志敏凭着"两条半步枪"起家，身经百战，创建了赣东北革命根据地和红十军。本书真实记录了方志敏投身于革命、领导红军和敌人进行艰苦卓绝斗争的经历，歌颂了烈士贫贱不移、威武不屈、献身革命的高尚品质。

### 《奏响中华最强音——人民音乐家聂耳》

聂耳在他有限的生命中创作了数十首革命歌曲，在抗日救亡运动中，聂耳的这些歌曲产生了广泛深远的影响。他的音乐创作为中国无产阶级革命音乐的发展指明了方向，树立了榜样。

### 《横眉冷对千夫指——中国文化革命主将鲁迅》

鲁迅不但是伟大的文学家，而且是伟大的思想家和伟大的革命家。在那风雨如晦的黑暗年代里，他以笔为投枪，同一切帝国主义和反动派进行了顽强的战斗，为中国人民树立了一个不朽的丰碑。他是新文化战线上的一面光辉旗帜，是我们伟大民族的灵魂。

### 《铁流两万五千里——红军长征的故事》

红军长征是人类历史上的一次伟大的壮举。第五次反"围剿"失败后，中国工农红军的三大主力在极端艰难的条件下，突破国民党军队的围追堵截，进行了史无前例的战略大转移，总行程达两万五千里以上。途中发生了许多动人故事，至今令人难以忘怀。

### 《荣辱不移革命志——创建陕北红军的刘志丹》

刘志丹是杰出的无产阶级革命家、军事家，西北红军和西北革命根据地的主要创始人之一。他一生热爱人民，追求真理，英勇善战，百折不挠，艰苦奋斗，忠心赤胆，为创建红军和革命根据地、为中国人民的解放事业建立了不可磨灭的功勋。

### 《英名永存北平城——爱国将领佟麟阁 赵登禹》

1937年7月28日，日军向北平郊区发动进攻。第二十九军副军长佟麟阁奉命在南苑率部与日军苦战，腿部受伤，头部被敌机炸伤，壮烈殉国。第一三二师师长赵登禹指挥部队顽强抵抗日军，右臂中弹负伤，仍继续作战。后在转移途中遭日军截击而牺牲。

## 《八百壮士　四行仓库铸军魂——谢晋元和他的战友们》

八一三抗战，中国军人以血肉之躯揭开全面抗战的帷幕。这是一场血战，是中国军人不屈不挠的英雄诗篇，其中的八百壮士守四行，成为这首英雄颂歌中最动人、最凄美的音符。一曲四行保卫战，铸就了不屈的军魂。

## 《八女投江　气贯长虹——八位抗联女战士》

抗日战争时期，以冷云为首的东北抗日联军8名女战士，为捍卫民族尊严，面对凶残的日寇，镇定自若，宁死不屈，投江殉国，表现了中华民族同敌人血战到底的英雄气概。她们的光辉形象，激励着千千万万的后来人。

## 《艰苦抗战　威震敌胆——著名抗日英雄杨靖宇》

杨靖宇将军是我国著名的抗日民族英雄。曾先后担任磐石游击队政治委员、东北抗日联军第一军军长兼政委、抗日联军总司令等职。领导军民对日寇坚持了长达9个年头的艰苦卓绝的斗争，最终以身殉国。

## 《死也不当亡国奴——镜泊抗日英雄陈翰章》

陈翰章，从1932年8月投笔从戎，直到1940年12月8日为抗击日本侵略者，战死在镜泊湖畔。他在抗日疆场上奋战了九年，他那可歌可泣的英雄事迹将为人们永世传颂。

## 《名将殉国　气壮山河——抗日将军张自忠》

著名抗日将领、民族英雄张自忠，生于忧患的时代，抱有"宁为百夫长，胜作一书生"的志向，经历过失败与低谷，最终成就了慷慨人生。本书主要以人物活动为主，勾画出一个真正的"民族魂"鲜活的人生，会带给读者振奋的力量。

## 《宁死不辱战士名——狼牙山五壮士》

1941年日寇在河北易县"扫荡"。为掩护群众和主力部队撤退，五

威震黄浦江畔　高奏抗日壮歌

位八路军战士毅然把敌人引上了狼牙山棋盘坨峰顶绝路。弹尽粮绝、无路可退，五位英雄纵身跳下了万丈悬崖，用生命和鲜血谱写出一曲惊天地泣鬼神的壮举。

### 《太行浩气传千古——抗日名将左权》

左权，中国工农红军和八路军高级指挥员，著名军事家。是八路军在抗日战场上牺牲的最高指挥员。名将阵亡，太行山为之垂首，全党为之悲痛。周恩来称他"足以为党之模范"，朱德赞誉他是"中国军事界不可多得的人才"。

### 《虎将兴关外　抗倭统雄师——抗联英雄赵尚志》

本书描写了久经考验的共产党员、东北抗联的创建者和主要领导人赵尚志，在艰苦卓绝的条件下，坚持抗战，威震敌胆，战功卓著，忍辱负重，忠贞不屈，为国捐躯的英雄故事，为青少年读者呈上一部爱国主义的佳作。

### 《黄埔之英　民族之雄——抗日名将戴安澜》

抗日名将戴安澜，先后参加保定、漕河、台儿庄、武汉、昆仑关等战役，作战英勇，屡建奇功；入缅作战，"扬威国外，藉伸正义"；守东瓜，复棠吉；殒身缅北，遗恨丛林，马革裹尸，成就了光辉的一生。

### 《爱国志士　民主先锋——新闻出版家邹韬奋》

本书讲述了邹韬奋献身新闻出版事业的奋斗历程，展现了一位新闻工作者坚定的革命信念和炽热的爱国主义精神，全心全意为人民服务、为读者服务的奉献精神，歌颂了他的高尚情操和优良品质。

### 《为抗战发出怒吼——人民音乐家冼星海》

人民音乐家冼星海，青年时期在巴黎求学，饱尝屈辱与磨难；学成后毅然回到多灾多难的祖国，用满腔热忱谱写激昂的音乐，鼓舞中华儿女的斗志；奔赴延安，谱写出不朽的名作《黄河大合唱》，发出中华民族抗日救亡的怒吼。

## 《全民皆兵　抗击日寇——抗日战争的故事》

中国人民进行的十四年抗战，是一百多年来中国人民反对外敌入侵第一次取得完全胜利的民族解放战争。这场战争是以国共两党合作为基础，有社会各界、各族人民、各民主党派、抗日团体、社会各阶层爱国人士和海外侨胞广泛参加的全民族抗战。

## 《捧着一颗心来　不带半根草去——人民教育家陶行知》

陶行知是我国现代教育史上伟大的人民教育家、教育思想家。他从青年起就立志献身教育事业，以"捧着一颗心来，不带半根草去"的赤子之心，为人民的教育事业鞠躬尽瘁。

## 《为民主与和平拍案而起——民主斗士闻一多》

闻一多早年与梁实秋等人发起成立清华文学社。赴美留学期间由对祖国的深深眷恋而创作著名的《七子之歌》。后在西南联大任教8年，积极投身于抗日运动和争取民主的斗争，发表了著名的《最后一次讲演》。

## 《铁窗难锁钢铁心——革命先烈王若飞》

王若飞是我党早期杰出的无产阶级革命家。在艰苦卓绝的斗争中，他出生入死，屡建奇功，以超人的睿智和胆略，在敌人的监狱中，同敌人展开了殊死的较量，为抗战的胜利和新中国的诞生做出了卓越的贡献。

## 《横扫千军　还我河山——抗联名将李兆麟》

李兆麟是东北抗日联军创建人之一，他率领抗日联军历尽千难万险与日本侵略者浴血奋战，在极其艰苦的条件下，保存了抗日联军的有生力量，为东北光复做出了重大贡献。

## 《锄头开出新天地——解放区大生产运动》

为了解决困难，渡过难关，党中央号召党政军民齐动手，开展大生产运动。中国共产党在其控制区域内发动的一场军队屯田和鼓励生产的群众运动，达到了自己动手丰衣足食，共度难关，既进行革命又进行生产自足的目的。

威震黄浦江畔　高奏抗日壮歌

### 《生的伟大 死的光荣——女英雄刘胡兰》

刘胡兰，坚贞不屈的少年女英雄。生前对我国劳动人民的解放事业无限忠诚，在敌人威胁面前，大义凛然，毫无惧色，英勇牺牲，表现了共产党员的高贵品质。

### 《饿死不领美国救济粮——爱国知识分子的楷模朱自清》

朱自清作为爱国知识分子的典型，以锐利的笔锋直言痛斥反动政府的暴行，体现了他崇高的爱国情怀和不畏恶势力的精神品格。毛泽东曾给朱自清先生以高度评价："一身重病，宁可饿死，不领美国的'救济粮'"，"表现了我们民族的英雄气概"。

### 《为了新中国前进——舍身炸碉堡的董存瑞》

伟大的英雄，中国人民的儿子董存瑞，从儿童团长成长为一名光荣的解放军战士，在1948年解放隆化县城时，舍身炸碉堡，为新中国献出了自己年轻的生命。他的英雄形象永远留在人民心里。

### 《宁死不屈的共产党员——革命烈士江竹筠》

江竹筠，就是著名的江姐。1947年春，她负责《挺进报》工作，只几个月的时间，报纸就发行到1600多份，引起了敌人的极大恐慌。由于叛徒出卖，江姐不幸被捕，惨遭毒刑的残酷折磨，仍坚贞不屈。最后被特务秘密枪杀，年仅29岁。

### 《抗美援朝 保家卫国——志愿军的战斗故事》

抗美援朝战争是中国人民志愿军为援助朝鲜人民、保卫祖国安全，与美国为首的"联合国军"发生的战争。在朝鲜牺牲的志愿军烈士们，他们英勇的战斗事迹、保家卫国的精神值得我们发扬光大。

### 《上甘岭上壮烈歌——黄继光和他的战友们》

在1952年10月的上甘岭战役中，黄继光和他的战友们在零号阵地半山腰被敌机枪火力点压制，此时，黄继光身上已经多处负伤，手雷也已全部用光。为了完成任务，减少战友的伤亡，他用自己的胸膛堵住正在扫射的敌机枪射孔，为反击部队扫清了前进的道路。

## 《诗书印画　全入神品——国画大师齐白石》

　　齐白石出身贫寒，做过农活，当过木匠，后改学雕花木工，从民间画工入手，摹古人真迹，学诗文书法，融汇古今，而诗、书、印、画俱佳；他将中国画的精神与时代的精神统一得完美无瑕，使中国画得到国际的重视，无愧于"国画大师"的称号。

## 《毕生为文化而奋斗——中国第一出版家张元济》

　　张元济参与、主持和督导商务印书馆近六十年，使其从简单的印刷企业转变为当时中国教育出版的旗帜。张元济一生爱书，在中华大地动荡不安的年代里，他用自己对文化的热爱，续存着中华民族灿烂悠久的文明之光。

## 《独树一帜　梨园大师——著名京剧表演艺术家梅兰芳》

　　梅兰芳，京剧大师，演唱风格独树一帜，世称"梅派"。曾先后赴日本、美国、苏联演出，并荣获美国波摩那学院和南加州大学的荣誉文学博士学位。作为一位爱国者，抗战期间蓄须明志，拒绝为日本人演出，为后世称颂。

## 《华侨旗帜　民族光辉——爱国侨领陈嘉庚》

　　陈嘉庚是著名的爱国华侨领袖、企业家、教育家、慈善家、社会活动家。他为辛亥革命、民族教育、抗日战争、解放战争、新中国的建设做出了卓越的贡献。生前被毛泽东誉为"华侨旗帜、民族光辉"。

## 《向雷锋同志学习——伟大的共产主义战士雷锋》

　　雷锋，一个平凡而伟大的共产主义战士，一心向着党，一生秉承着全心全意为人民服务、无私奉献的崇高思想；发扬刻苦学习和钻研理论的"钉子"精神；坚持勤俭节约、艰苦奋斗的优良作风。毛泽东为其题词："向雷锋同志学习。"

## 《人民的好公仆——县委书记的好榜样焦裕禄》

　　焦裕禄，被誉为县委书记的好榜样。他用自己的革命精神，展开了与大自然、与社会落后现象、与病魔的多重抗争，让我们领略到一

威震黄浦江畔　高奏抗日壮歌

个共产党人的生之伟大、死之壮美的人格品质和具有现实教育意义的
精神魅力。

### 《文学巨匠　京味大师——人民作家老舍》

老舍是我国现代小说家、文学家、戏剧家。他用融入骨髓的真诚文
字反映生活的喜怒哀乐。老舍的一生，总是在忘我地工作，他是文艺界
当之无愧的"劳动模范"，生前被北京市人民政府授予"人民艺术家"
的称号。

### 《革命老人——无产阶级教育家徐特立》

徐特立是一代伟人毛泽东的老师。他出生在贫苦家庭，大部分时间
生活在动荡艰苦的年代；他刻苦勤奋，不畏艰辛，追求光明，一生勤
俭，为革命培养了大量的人才；他对党和人民任劳任怨，鞠躬尽瘁。他
坎坷奋斗的一生，留下了许多可歌可泣的故事。

### 《人生能有几回搏——新中国第一个世界冠军容国团》

容国团先后担任中国乒乓球队运动员、女队主教练。获得1959年男
子单打世界冠军；1961年夺得男子团体世界冠军；作为中国女队主教
练，1965年率女队第一次夺得女子团体世界冠军。他的"人生能有几回
搏"的豪言，举国传诵。

112

### 《石油工人一声吼　地球也要抖三抖——铁人王进喜》

王进喜，新中国第一批石油钻探工人。他为祖国石油工业的发展和
社会主义建设立下了不朽的功勋，在创造了巨大物质财富的同时，还给
我们留下了宝贵的精神财富——铁人精神。他被评为"百年中国十大人
物"，写入中华民族的光辉史册。

### 《做人民需要我做的事——著名地质学家李四光》

李四光是一位伟大的科学家，他一生从事地质学研究工作，足迹遍布
祖国的山川，为祖国探明了许多地下宝藏；他创建了崭新的学说——地质
力学；他历尽重重困难，为正确认识地质构造开辟了一条新路。

### 《中国化学工业的先驱——著名化学家侯德榜》

为摆脱纯碱需要进口的窘况，20世纪初，怀着"实业救国"梦想的中国化工先驱侯德榜等人创办了永利碱厂，并立志生产出中国人自己的碱。1926年，永利碱厂终于成功地生产出"红三角"牌纯碱，从此中国制碱业得以跨入世界先进行列。

### 《毕生求是　一丝不苟——著名科学家竺可桢》

著名科学家竺可桢献身科学研究；治学严谨，一丝不苟；一生廉洁，两袖清风；作风民主，爱护学生。他以爱国之心、报国之志，从一个民主主义者逐渐成长为一个共产主义战士。

### 《热爱自然的大地之子——著名植物学家蔡希陶》

蔡希陶，五十载风雨，五十载坎坷，五十载奋斗，五十载开拓，为了发现对人类生产、生活有用的植物及新物种的引进而做出巨大贡献，在中国的植物资源学史上将永远镌刻着他的名字。

### 《高洁无私的襟怀——知识分子的楷模蒋筑英》

蒋筑英是中国当代知识分子的先锋典范，他不为名，不为利，尊重科学；他以坚忍的毅力和顽强的作风，在科学的道路上呕心沥血，鞠躬尽瘁，无私地奉献了青春和生命。

### 《迎接新生命的天使——卓越的妇产科专家林巧稚》

林巧稚是国内外享有盛誉的妇产科专家。在五十多年的医学教育和临床实践中，林巧稚亲自接生了五万多婴儿，治愈了数千病人，培养了数以百计的专门人才，为我国的妇女儿童事业做出了不可磨灭的贡献。

### 《独自成千古　悠然寄一丘——国画大师张大千》

张大千是20世纪中国画坛最具传奇色彩的国画大师，无论是绘画、书法、篆刻、诗词无所不通。在艺术界深得敬仰和追捧，艺术家们用真挚的感情，用绘画和雕塑展现了"张大千"多彩的艺术形象。

### 《建造中国的通天塔——著名数学家华罗庚》

中国当代著名数学家华罗庚，为中国数学的发展做出了无与伦比的贡献，他是中国解析数论、典型群、矩阵几何等多方面研究的创始人与开拓者，也是我国最早将数学理论研究与生产实践紧密结合的科学家。

### 《问鼎长天　强我国威——两弹元勋邓稼先》

邓稼先是我国著名科学家，参加组织和领导我国核武器的研究、设计工作，从对原子弹、氢弹原理的突破和试验成功及其武器化，到新的核武器的重大原理突破和研制试验，作出了重大贡献。是我国核武器理论研究工作的奠基者之一，被誉为"两弹元勋"。

### 《敢叫天堑变通途——桥梁专家茅以升》

中国著名的桥梁专家茅以升从小立志为祖国建造桥梁，经过不懈努力，他不仅设计建造了一座座宏伟壮观、坚固实用的道路桥梁，而且搭建了一座座友谊之桥，为祖国建设作出了卓越贡献。

### 《蘑菇云之梦——核物理学家钱三强》

被誉为"中国原子弹之父"的核物理学家钱三强，更名后立志于科技报国；24岁投师于世界著名核物理学家居里夫妇；与夫人何泽慧合作，发现铀的"三分裂""四分裂"现象；统领我国的原子大军，做了大量创造性工作。

### 《两离桑梓地　满怀雪域情——领导干部的楷模孔繁森》

孔繁森，是一位一尘不染、两袖清风的好干部。两次进藏工作，历时十载，为西藏的建设、发展和稳定作出了突出的贡献。1994年11月，孔繁森不幸以身殉职。人民群众称他为新时期领导干部的楷模。

### 《摘取数学皇冠上的明珠——著名数学家陈景润》

陈景润是享誉世界的数学家，为了证明"哥德巴赫猜想"，他以惊人的毅力在数学领域里艰苦跋涉，终于攻克了世界著名数学难题"哥德巴赫猜想"中的"1+2"，创造了中国乃至世界数学史上的辉煌。

## 《学术独步　饮誉四海——享有国际威望的科学家卢嘉锡》

卢嘉锡是一位在国际科学界享有崇高威望的物理化学家、化学教育家和科技组织领导者。1945年，卢嘉锡满怀"科学救国"的热忱回到祖国，对中国原子簇化学的发展起了重要推动作用，他所指导的新技术晶体材料科学研究，也取得了重大成绩。

## 《德艺双馨　梨园楷模——著名豫剧表演艺术家常香玉》

常香玉1941年赴陕甘演出。1948年在西安创办香玉剧社。1951年为支援抗美援朝，率剧社巡回西北、中南、华南各地演出，以演出收入捐献"香玉剧社号"战斗机一架，素有"爱国艺人"之誉。

## 《文学大师　激流勇进——著名作家巴金》

本书以巴金生平和主要事迹为线索，回顾和展示现代著名作家巴金的一生，以期让人们看到巴金在这风云变幻的100多年中，有过成功的欢欣，有过屈辱的磨难，有过痛苦的忏悔，有过平静的安宁。巴金的人生，映照着一代中国五四知识分子坎坷而不平凡的命运。

## 《壮心系科学　孜孜为国昌——理论化学家唐敖庆》

本书讲述了唐敖庆从出国求学、业业有成、回国任教，到服从安排、艰苦工作、刻苦钻研，最终成为中国量子化学奠基者的过程。让人们看到了这位著名化学家的赤心爱国、严谨治学、大公无私的崇高品格和科研上的卓越成就。

## 《中国导弹之父——著名科学家钱学森》

当第一颗原子弹升空的时候，当中国的人造卫星奏响《东方红》的时候，当中国运载火箭腾空而起的时候，当中国研制的导弹准确命中目标的时候，人们都会想起他的名字：中国导弹之父钱学森。

## 《中国近代力学的奠基人——著名科学家钱伟长》

钱伟长曾以中文和历史两个100分的成绩考入清华大学。九一八事变后，钱伟长毅然放弃了文科的学习而转为理科。他是中国近代力学、应用数学的奠基人之一，在固体力学、流体力学以及航空航天领域，取

威震黄浦江畔　高奏抗日壮歌

得了卓越的成就，为新中国的现代化建设付出了毕生的精力。

## 《中国光学科学的奠基人——著名科学家王大珩》

王大珩是我国著名的科学家，中国光学科学的奠基人。他先在清华就读，后赴英国求学，学业有成，立志科学救国，其成就享誉神州。他以科学的求是精神和赤诚的爱国情怀，探索着中国光学发展的闪光之路。